U0541055

沈从文

故乡五书

湘女萧萧

沈从文 著

山西出版传媒集团
北岳文艺出版社
·太原·

沈从文
故乡五书

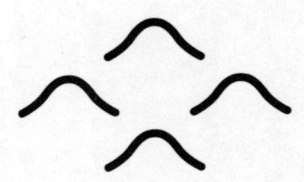

湘女萧萧

图书在版编目（CIP）数据

湘女萧萧 / 沈从文著. — 太原：北岳文艺出版社，2018.6
（沈从文故乡五书）
ISBN 978-7-5378-5620-1

Ⅰ.①湘… Ⅱ.①沈… Ⅲ.①短篇小说-小说集-中国-现代 Ⅳ.①I246.7

中国版本图书馆CIP数据核字（2018）第119119号

出版发行
山西出版传媒集团·北岳文艺出版社
社址
山西省太原市并州南路57号
邮编
030012
电话
0351-5628696（发行部）
0351-5628688（总编室）
传真
0351-5628680
网址
http://www.bywy.com
E-mail
bywycbs@163.com
经销商
新华书店
印刷装订
北京盛通印刷股份有限公司
开本
670mm×970mm 1/16
字数
200千字
印张
17.5
版次
2018年6月第1版
印次
2018年8月北京第1次印刷
书号
ISBN 978-7-5378-5620-1
定价
49.00元

选题策划
续小强 麦坚
图书监制
麦书房文化
责任编辑
关志英
装帧设计
张志奇工作室

本书版权为本社独家所有，
未经本社同意不得转载、摘编或复制

沈从文抗战前摄于北平

为了尊重并保持沈从文作品文字的原貌和风格,只要不是明显的错漏,本书一律不作擅自改动。特此说明。

目 录

辑 一

005　三三
035　玫瑰与九妹
041　静
053　油坊
067　猎野猪的故事

辑 二

083　萧萧
099　王嫂
109　夫妇
121　丈夫
143　旅店

辑 三

159　说故事人的故事
171　雪晴
181　巧秀和冬生

辑 四

205　月下小景
221　媚金·豹子·与那羊
237　爱欲
261　雨后

辑一

1902—1923年沈从文行走路线图　沈龙朱 整理（最终）

本篇发表于 1931 年 9 月 15 日《文艺月刊》第 2 卷第 9 号。署名沈从文。

杨家碾坊在堡子外一里路的山嘴路旁。堡子位置在山湾里，溪水沿了山脚流过去，平平的流，到山嘴折湾处忽然转急，因此很早就有人利用它，在急流处筑了一座石头碾坊，这碾坊，不知什么时候起，就叫杨家碾坊了。

从碾坊往上看，看到堡子里比屋连墙，嘉树成荫，正是十分兴旺的样子。往下看，夹溪有无数山田，如堆积蒸糕，因此种田人借用水力，用大竹扎了无数水车，用椿木做成横轴同撑柱，圆圆的如一面锣，大小不等竖立在水边。这一群水车，就同一群游手好闲人一样，整日整夜不知疲倦的咿咿呀呀唱着意义含糊的歌。

一个堡子里只有这样一座碾坊，所以凡是堡子里碾米的事都归这碾坊包办，成天有人轮流挑了仓谷来，把谷子倒进石槽里去后，抽去水闸的板，枧槽里水冲动了下面的暗轮，石磨盘带着动情的声音，即刻就转动起来了。于是主人一面谈说一件事情，一面清理簸箩筛子，到后头上包了一块白布，拿着一个长把的扫帚，追逐着磨盘，跟着打圈儿，扫除溢出槽外的谷米，再到后，谷子便成白米了。

到米碾好了，筛好了，把米糠挑走以后，主人全身是灰，常常如同一个滚入豆粉里的汤圆，然而这生活，是明明白白比堡子里许多人生活还从容，而为一堡子中人所羡慕的。

凡是到杨家碾坊碾过谷子的，皆知道杨家三三。妈妈十年前嫁给守碾坊的杨，三三五岁，爸爸就丢下碾坊同母女，什么话也不说死去了。爸爸死去后，母亲作了碾坊的主人，三三还是活在碾坊里，吃米饭同青菜小鱼鸡蛋过日子，生活毫无什么不同处。三三先是眼见爸爸成天全身是糠灰，到后爸爸不见了，妈妈又成天全身是糠灰……于是三三在哭里笑里慢慢的长大了。

妈妈随着碾槽转，提着小小油瓶，为碾盘的木轴铁心上油，或者很兴奋的坐在屋角拉动架上的筛子时，三三总很安静的自己坐在另一角玩。热天坐当有风凉处吹风，用包谷杆子作小笼，冬天则伴同猫儿蹲在火桶里，剥灰煨栗子吃。或者有时候从碾米人手上得到一个芦管作成的唢呐，就学着打大傩的法师神气，屋前屋后吹着，半天还玩不厌倦。

这磨坊外屋上墙上爬满了青藤，绕屋全是葵花同枣树，疏疏树林里，常常有三三葱绿衣裳的飘忽。因为一个人在屋里玩厌了，就出来坐在废石槽上洒米头子给鸡吃，在这时，什么鸡欺侮了另一只鸡，三三就得赶逐那横蛮无理的鸡，直等到妈妈在屋后听到鸡声，代为讨情才止。

这磨坊上游有一潭，四面是大树覆荫，六月里阳光照不到水面。碾坊主人在这潭中养得有白鸭子，水里的鱼也比上下溪里特别多。照一切习惯，凡靠自己屋前的水，也算为自己财产的一份。水坝既然全为了碾坊而筑成的，一乡公约不许毒鱼下网，所以这小溪里鱼极多。遇不甚面熟的人来钓鱼，看潭边幽静，想蹲一会儿，三三见到了时，总向人说："不行，这鱼是我家潭里养的，你到下面去钓吧。"人若顽皮一点，听了这个话等于不听到，仍然拿着长长的竿子，搁到水面上去安闲的吸着烟管，望着这小姑娘发笑，使三三急了，三三便喊叫她的妈，高声的说："娘，娘，你瞧，有人不讲规矩钓我们的鱼，你来折断他的竿子，你快来！"娘自然是不会来干涉别人钓鱼的。

母亲就从没有照到女儿意思折断过谁的竿子，照例将说："三三，鱼多咧，让别人钓吧。鱼是会走路的，上面总爷家塘里的鱼，因为欢喜我们这里的水，都跑来了。"三三照例应当还记得夜间做梦，梦到大鱼从水里跃起来吃鸭子，听完这个话，也就没有什么可说了，只静静的看着，看这不讲规矩的人，钓了多少鱼去。她心里记着数目，回头还得告给妈妈。

有时因为鱼太大了一点，上了钓，拉得不合式，撇断了钓竿，三三可乐极了，仿佛娘不同自己一伙，鱼反而同自己是一伙了的神气，那时就应当轮到三三向钓鱼人咧着嘴发笑了。但三三却常常急忙跑回去，把这事告给母亲，母女两人同笑。

有时钓鱼的人是熟人，人家来钓鱼时，见到了三三，知道她的脾气，就照例不忘记问："三三，许我钓鱼吧。"三三便说："鱼是各处走动的，又不是我们养的，怎么不能钓。"

钓鱼的是熟人时，三三常常搬了小小木凳子，坐在旁边看鱼上钩，且告给这人，另一时谁个把钓竿撇断的故事。到后这熟人回磨坊时，把所得的大鱼分一些给三三家，三三看着母亲用刀破鱼，掏出白色的鱼脬来，就放在地下用脚去踹，发声如放一枚小爆仗，听来十分快乐。鱼洗好了，揉了些盐，三三就忙取麻线来把鱼穿好，挂到太阳下去晒。等待有客时，这些干鱼同辣子炒在一个碗里待客，母亲如想到折钓竿的话，将说："这是三三的鱼。"三三就笑，心想着："怎么不是三三的鱼？潭里鱼若不是归我照管，早被看牛小孩捉完了。"

三三如一般小孩，换几回新衣，过几回节，看几回狮子龙灯，就长大了，熟人都说看到三三是在糠灰里长大的。一个堡子里的人，都愿意得到这糠灰里长大的女孩子作媳妇，因为人人都知道这媳妇的妆奁是一座石头作成的碾坊。照规矩十五岁的三三，要招郎上门也应当是时候了。但妈妈有了一点私心，记得一次签上的话语，不大相信媒人的话语，所以这磨坊还是只有母女二人，一时节不曾有谁添入。

三三大了，还是同小孩子一样，一切得傍着妈妈。母女两人把饭吃过后，在流水里洗了脸，眺望行将下沉的太阳，一个日子就打发走了。有时听到堡子里的锣鼓声音，或是什么人接亲，或是什么人做斋事，"娘，带我去看。"又像是命令又像是请求的说着，若无什么别的理由推辞时，娘总得答应同去。去一会儿，或停顿在什么人家喝一杯蜜茶，荷包里塞满了榛子胡桃，预备回家时，有月亮天什么也不用，就可以走回家，遇到夜色晦黑，燃了一把油柴：毕毕剥剥的响着爆着，什么也不必害怕。若到总爷家寨子里去玩时，总爷家还有长工打了灯笼火把送客，一直送到碾坊外边。只有这类事是顶有趣味的事，在雨里打灯笼走夜路，三三不能常常得到这机会，却常常梦到一人那么拿着小小红纸灯笼，在溪旁走着，好像只有鱼知道这回事。

当真说来，三三的事，鱼知道的比母亲应当还多一点，也是当然的。三三在母亲身旁，说的是母亲全听得懂的话，那些凡是母亲不明白的，差不多都在溪边说的。溪边除了鸭子就只有那些水里的鱼，鸭子成天自己哈哈哈的叫个不休，那里还有耳朵听别人说话？

这个夏天，母女两人一吃了晚饭，不到日黄昏，总常常过堡子里一个人家去，陪一个行将远嫁的姑娘谈天，听一个从小寨来的人唱歌。有一天，照例又进堡子里去，却因为谈到绣花，使三三回碾坊来取样子，三三就一个人赶忙跑回碾坊来，快到屋边时，黄昏里望到溪边有两个人影子，有一个人到树下，拿着一枝竿子，好像要下钓的神气，三三心想这一定是来偷鱼的，照规矩喊着："不许钓鱼，这鱼是有主人的！"一面想走上前看是什么人。

就听到一个人说："谁说溪里的鱼也有主人，难道溪里活水也可养鱼吗？"

另一人又说："这是碾坊里小姑娘说着玩的。"

那先一个人就笑了。

旋即又听到第二个人说："三三，三三，你来，你鱼都捉完了！"

三三听到人家取笑她，声音好像是熟人，心里十分不平！就冲过去，预备看是谁在此撒野，以便回头告给母亲。走过去时，才知道那第二回说话的人是总爷家管事先生，另外同一个从不见面的年青男人，那男人手里拿的原来只是一个拐杖，不是什么钓竿。那管事先生是一个堡子里知名人物，他认得三三，三三也认识他，所以当三三走近身时，就取笑说：

"三三，怎么鱼是你家养的？你家养了多少鱼呀！"

三三见是总爷家管事先生，什么话也不说了，只低下头笑。头虽低低的，却望到那个好像从城里来的人白裤白鞋，且听到那个男人说："女孩很聪明，很美，长得不坏。"管事的又说："这是我堡里美人。"两人这样说着，那男子就笑了。

到这时，她猜到男子是对她望着发笑！三三心想："你笑我干吗？"又想："你城里人只怕狗，见了狗也害怕，还笑人，真亏你不羞。"她好像这句话已说出了口，为那人听到了，故打量跑去。管事先生知道她要害羞跑了，便说："三三，你别走，我们是来看你碾坊的。你娘呢。"

"到堡子里听小寨人唱歌去了，是不是？"

"是的。"

"你怎么不欢喜听那个？"

"你怎么知道我不欢喜？"

管事先生笑着说："因为看你一个人回来，还以为你是听厌了那歌，担心这潭里鱼被人偷尽，所以……"

三三同管事先生说着，慢慢的把头抬起，望到那生人的脸目了，白白的脸好像在什么地方看到过，就估计莫非这人是唱戏的小生，忘了搽去脸上的粉，所以那么白……那男子见到三三不再怕人了，就问三三：

"这是你的家里吗？"

三三说："怎么不是我家里？"

因为这答话很有趣味，那男子就说：

"你不怕水冲去吗？"

"嗨，"三三抿着小小的美丽嘴唇，狠狠的望了这陌生男子一眼，心里想："狗来了，狗来了，你这人吓倒落到水里，水就会冲去你。"想着当真冲去的情形，一定很是好笑，就不理会这两个人笑着跑去了。

从碾坊取了花样子回向堡子走去的三三，在潭边再上游一点，望到那两个白色影子还在前面，不高兴又同这管事先生打麻烦，故跟到这两个人身后，慢慢的走着。听两个人说到城里什么人什么事情，听到说开河，听到说学务局要总爷办学校，因为这两人全都不知道有人

在后面,所以自己觉得很有趣味。到后又听到管事先生提起碾坊,提起妈妈怎么人好,更极高兴。再到后,就听到那城里男人说:

"女孩子倒真俏皮,照你们乡下习惯,应当快放人了。"

那管事的先生笑着说:"少爷欢喜,要总爷做红叶,可以去说说。不过这碾坊是应当由姑爷管业的。"

三三轻轻的呸了一口,停顿了一下,把两个指头紧紧的塞了耳朵。但仍然听到那两人的笑声,想知道那个由城里来好像唱小生的人还说些什么,故不久就仍然跟上前去了。

那小生说些什么可听不明白,就只听那个管事先生一人说话,那管事先生说:"少爷做了碾坊主人,别的不说,成天可有新鲜鸡蛋吃,也是很值得的!"话一说完,两人又笑了。

三三这次可再不能跟上去了,就坐在溪边的石头上,脸上发着烧,十分生气。心里想:"你要我嫁你,我偏不嫁你!我家里的鸡纵成天下二十个蛋,我也不会给你一个蛋吃。"坐了一会,凉凉的风吹脸上,水声淙淙使她记忆到先一时估计中那男子为狗吓倒跌在溪里的情形,可又快乐了,就望到溪里水深处,一人自言自语说:"你怎么这样不中用,管事的救你,你可以喊他救你!"

到宋家时,正听宋家婶子说到一件已经说了一会儿的事情,只听到宋家妇人说:

"……他们养病倒希奇,说是养病,日夜睡在廊下风里让风吹,……脸儿白得如闺女,见了人就笑,……谁说是总爷的亲戚,总爷见他那种恭敬样子,你还不见到。福音堂洋人还怕他,他要媳妇有多少!"

母亲就说:"那么他养什么病?"

"谁知道是什么病?横顺成天吃那些甜甜的药,在床上躺着,到城里是享福，到乡里也是享福。老庚说，害第三等的病，又说是痨病，说也说不清楚。谁清楚城里人那些病名字。依我想，城里人欢喜害病，所以病的名字也特别多，我们不能因害病耽搁事情，所以除打摆子就只发烧肚泻，别的名字的病，也就从不到乡下来了。"

另外一个妇人因为生过瘰疬，不大悦服宋家妇人武断的话，就说："我不是城里人，可是也害城里人的病。"

"你舅妈是城里人！"

"舅妈管我什么事？"

"你文雅得像城里人，所以才生疡子！"

这样说着，大家全笑了。

母女两人回去时，在路上三三问母亲："谁是白白脸庞的人？"母亲就照先前一时听人说过的话，告给三三，堡子里总爷家中，如何来了一位城里的病人，样子如何美，性情如何怪。一个乡下人，对于城中人膈膜的程度，在那些描写里是分明易见的，自然说得十分好笑。在平常某个时节，三三对于母亲在叙述中所加的批评与稍稍过分的形容，总觉得母亲说得极其俨然，十分有味，这时不知如何却不大相信这话了。

走了一会，三三忽问：

"娘，娘，你见到那个城里白脸人没有呢？"

妈妈说："我怎么见到他？我这几天又不到总爷家里去。"

三三心想："你不见到怎么说了那么半天。"

三三知道妈妈不见到的自己倒早见到了，把这件事秘密着，却十分高兴，以为只有自己明白这件事情，凡是说到城里人的都不甚可靠。

两人到潭边，三三又问：

"娘,你见到总爷家管事先生没有?"

若是娘说没有见过,反问她一句,那么,三三就预备把先前遇到总爷家那两个人的一切,都说给妈妈听了。但母亲这时正想到别一个问题,完全不关心到三三身上的事,所以三三把今天的事瞒着母亲,一个字不提。

第二天三三的母亲到堡子里去,在总爷家门前,碰到那个从城里来的白脸客人,同总爷的管事先生。那管事先生告她,说他们昨天曾到碾坊前散步,见到三三,又告给母亲说,这客人是从城里来养病的客人。到后就又告给那客人,说这个人就是碾坊的主人杨伯妈。那人说,真很同三小姐相像。那人又说三三长得很好,很聪敏,做母亲的真福气。说了一阵话,把这老妇人说快乐了,在心中展开了一个幻象,想到自己觉得有些近于糊涂的事情,忙匆匆的回到碾坊去,望到三三痴笑。

三三不知母亲为什么今天特别乐,就问母亲到了些什么地方,遇着了谁。

母亲想应当怎么说才好,想了许久才说:

"三三,昨天你见到谁?"

三三说:"我见到谁?"

娘就笑了:"三三你记记,晚上天黑时,你不见到两个人吗?"

三三以为是娘知道一切了,就忙说:"人是有两个的,一个是总爷家管事的先生,一个是生人……怎么……"

"不怎么。我告你,那个生人就是城里来的少爷,今天我见到他们,他们说已经同你认识了,所以我们说了许多话。那少爷像个姑娘样子。"母亲说到这里时,想起一件事情好笑。

三三以为妈妈是在笑她，偏过头去看土地上灶马，不理母亲。

母亲说："他们问我要鸡蛋，你下半天送二十个去，好不好？"

三三听到说鸡蛋，打量昨天两个男人说的笑话都为母亲知道了，心里很不高兴，说道："谁去送他们鸡蛋，娘，娘，我说……他们是坏人！"

母亲奇怪极了，问："怎么是坏人？"

三三红了脸不愿答应，母亲说：

"三三，你说什么事？"

迟了许久，三三才说："他们背地里要找总爷做媒，把我嫁给那个白脸人。"

母亲听到这话什么也不说，笑了好一阵。到后看到三三要跑了，才拉着三三说："小报应，管事先生他们说笑话，这也生气吗？谁敢欺侮你？总爷是一堡子的主人，他会为你骂他们！……"

说到后来三三也被说笑了。

她到后来就告给娘城里人如何怕狗的话，母亲听到不作声，好久以后，才说："三三，你真还像个小丫头，什么也不懂。"

第二天，妈妈要三三送鸡蛋到总爷家去，三三不说什么，只摇头，妈妈既然答应了人家，就只好亲自送去。母亲走后，三三一个人在碾坊里玩，玩厌了又到潭边去看白鸭，看了一会鸭子，等候母亲还不回来，心想莫非管事先生同妈妈吵了架，或者天热到路上发了痧？……心里老不自在回到碾坊里去。

但母亲可仍然回来了，回到碾坊一脸的笑，跨着脚如一个男子神气，坐到小凳上，告给三三如何见到那少爷，那少爷如何要她坐到那个用粗布做成的软椅子上去，摇着宕着像一个摇篮。又说到城里人说的三三如何不念书，城里女人是全念书。又说到……

三三正因为等了母亲大半天，十分不高兴，如今听母亲说到的话，莫明其妙，不愿意再听，所以不让母亲说完就走了。走到外边站在溪岸旁，望着清清的溪水，记起从前有人告诉她的话，说这水流下去，一直从山里流一百里，就流到城里了。她这时忖想……什么时候我一定也不让谁知道，就要流到城里去，一到城里就不回来了。但若果当真要流去时，她愿意那碾坊，那些鱼，那些鸭子，以及那一匹花猫，同她在一处流去。同时还有她很想母亲永远和她在一处，她才能够安安静静的睡觉。

母亲不见到三三了，站在碾坊门前喊着：

"三三，三三，天气热，你脸上晒出油了，不要远走，快回来！"

三三一面走回来一面就自己轻轻的说："三三不回来了！"

下午天气较热，倦人极了，躺到屋角竹凉床上的三三，耳中听着远处水车陆续的懒懒的声音，眯着眼睛觑母亲头上的髻子，仿佛一个瘦人的脸。越看越活，朦朦胧胧睡着了。

她还似乎看到母亲包了白帕子，拿着扫帚追赶碾盘，绕屋打着圈儿，就听到有人在外面说话，提到她的名字。

只听人说："三三到什么地方去了，怎么不出来？"

她奇怪这声音很熟，又想不起是谁的声音，赶忙走出去，站在门边打望，才望到原来又是那个白脸的人，规规矩矩坐在那儿钓鱼，过细看了一下，却看到那个钓竿，是总爷家管事先生的烟杆。

拿一根烟杆钓鱼，倒是极新鲜的事情，但身旁似乎又已经得到了许多鱼，所以三三非常奇怪，正想走去告母亲，忽然管事先生也从那边来了。

好像又是那一天的那种情景，天上全是红霞，妈妈不在家，自己回来原是忘了把鸡关到笼子里，故跑回来捉鸡的。如今碰到这两个人，管事先生同那白脸城里人，都站立在那石墩子上，轻轻的商量一件事情，这两人声音很轻，三三却听得出是一件关于不利于己的行为。因为听到说这些话，又不能嗾人走开，又不能自己走开，三三就非常着急，觉得自己的脸上也像天上的霞一样。

那个管事先生装作正经人样子说："我们来买鸡蛋的，要多少钱把多少钱。"

那个城里人，也像唱戏小生那么把手一扬，就说："你说错了，要多少金子把多少金子。"

三三因为人家用金子恐吓她，所以说："可是我不卖给你，不想你的钱，你搬你家大块金子到场上去买吧。"

管事先生于是又说："你不卖行吗，你舍不得鸡蛋为我做人情，你想想，妈妈以后写庚帖还少得了管事先生没有？"

那城里人于是又说："向小气的人要什么鸡蛋，不如算了吧。"

三三生气似的大声说："就算我小气也行，我把鸡蛋喂虾米，也不卖给人，因为我们不羡慕别人的金子宝贝。你同别人去说金子，恐吓别人吧。"

可是两个人还不走，三三心里就有点着急，很愿意来一只狗向两个人扑去，正那么打量着，忽然从家里就扑出来一条大狗，全身是白色，大声汪汪的吠着，从自己身边冲过去，即刻这两个恶人就落到水里去了。

于是溪里的水起了许多水花，起了许多大泡，管事先生露出一个光光的头在水面，那城里人则长长的头发，缠在贴近水面的柳树根上，情景十分有趣。

可是一会儿水面什么也没有了，原来那两个人在水里摸了许多鱼，全拿走了。

三三想去告给妈妈，一滑就跌下了。

刚才的事原来是做一个梦。母亲似乎是在灶房煮午饭，因为听到三三梦里说话，才赶出来的。见三三醒了，摇着她问："三三，三三，你同谁吵闹。"

三三定了一会儿神，望妈妈笑着，什么也不说。

妈妈说："起来看看，我今天为你焖芋头吃。你去照照镜子，脸睡得一片红！"虽然照到母亲说的，去照了镜子，还是一句话不说。人虽醒了还记到梦里一切的情景，到后来又想起母亲说的同谁吵闹的话，才反去问母亲，听到吵闹些什么话。妈妈自然是不注意这些的，所以说听不分明，三三也就不再问什么了。

直到吃饭时，妈妈还说到脸上睡得发红，所以三三就告给老人家先前做了些什么梦，母亲听来笑了半天。

第二次送鸡蛋去时，三三也去了，那时是下午，吃过饭后，两人进了总爷家的大院子。在东边偏院里看到城里来的那个客，正躺在廊下藤椅上，望到天上飞的鸽子。管事的不在家，三三认得那个男子，不大好意思上前去，就逗母亲过去，自己站在月门边等候。母亲上前去时节，三三又为出主意，要妈妈站在门边大声说，"送鸡蛋的来了"，好让他知道。母亲自然什么都照到三三主意作去，三三听到母亲说这句话，说到第三次，才被那个白白脸庞的少爷注意到，自己就又急又笑。

三三这时是站在月门外边的，从门罅里向里面窥看，只见到那白脸人站起身来，又坐下去，正像梦里那种样子，同时就听到这个人同母亲说话，说到天气同别的事情，妈妈一面说话一面尽掉过头来望到三三所在的一边，白脸人以为她就要走去了，便说：

"老太太，你坐坐，我同你说话很好。"

妈妈于是坐下了，可是同时那白脸城里人也注意到那一面门边有一个人等候了，"谁在那里，是不是你的小姑娘？"

看到情形不好，三三就想跑，可是一回头，却望到管事先生站在身后，不知已站了多久，打量逃走自然是难办到的，到后被管事先生拉着牵进小院子来了。

听到那个人请自己坐下，听到那个人同母亲说那天在溪边见到自己的情形，三三眼望另一边，傍近母亲身旁，一句话不说。

坐了一会儿，出来了一个穿白袍戴白帽古怪装扮的女人，三三先还以为是男子，不敢细细的望，到后听到这女人说话，且看她站在城里人身旁，用一根小小管子塞进那白脸男子口里去，又抓了男子的手捏着，捏了好一会，拿一枝好像笔的东西，在一张纸上写了些什么记号，那少爷问"多少豆"，就听她回答说："同昨天一样。"且因为另外一句话听到这个人笑，才晓得那是一个女人，这时似乎妈妈那一方面，也刚刚才明白这是一个女人，且听到说"多少豆"，以为奇怪，所以两人互相望到都笑了。

看着这母女生疏疏的情形，那白袍子女人也觉得好笑，就不即走开。

那白脸城里人说："周小姐，你到这地方来一个朋友也没有，就同这个小姑娘做个朋友吧。她家有个好碾坊，在那边溪头，有一个动人的水车，前面一点还有一个好堰堤，你同她做朋友，就可到那儿去玩，还可以钓些鱼回来。你同她去那边林子里玩玩吧，要这小姑娘告你那些花名草名。"

这周小姐就笑着过来，拖了三三的手，想带她走去，三三想不走，望到母亲，母亲却做样子努嘴要她去，不能不走。

可是到了那一边，两人即刻就熟了。那看护把关于乡下的一切，这样那样问了她许多，她一面答着，一面想问那女人一些事情，却找不出一句可问的话，只很希奇的望到那一顶白帽子发笑。

过后听到母亲在那边喊自己的名字，三三也不知道还应当同看护告别，还应当说些什么话，只说妈妈喊我回去，我要走了，就一个人忙忙的跑回母亲身边，同母亲走了。

母女两人回到路上走过了一个竹林，竹林里恰正当晚霞的返照，满竹林是金色的光。三三把一个空篮子戴在头上，扮作钓鱼翁的样子，同时想起总爷家养病服侍病人那个戴白帽子女人，就同妈妈说：

"娘，你看那个女人好不好？"

母亲说："那一个女人？"

三三好像以为这答复是母亲故意装作不明白的样子，故稍稍有点不高兴，向前走去了。

妈妈在后面说："三三，你说谁？"

三三就说："我说谁，我问你先前那个女子，你还问我！"

"我怎么知道你是说谁？你说那姑娘，脸庞红红白白的，是说她吗？"

三三才停着了脚，等着她的妈。且想起自己无道理处，悄悄的笑了。母亲赶上了三三，推着她的背："三三，那姑娘长得体面，你说是不是？"

三三本来就觉得这人长得体面,听到妈妈先说,所以就故意说:"体面什么?人高得像一条菜瓜,也算体面!"

"人家是读过书来的,你不看过她会写字吗?"

"娘,那你明天要她拜你做干妈吧。她读过书,娘你近来只欢喜读书的。"

"嗨,你瞧你!我说读书好,你就生气。可是……你难道不欢喜读书的吗?"

"男人读书还好,女人读书讨厌咧。"

"你认为她讨厌,那我们以后讨厌她得了。"

"不,干嘛说'讨厌她得了'?你并不讨厌她!"

"那你一人讨厌她好了。"

"我也不讨厌她!"

"那是谁该讨厌她?三三,你说。"

"我说,谁也不该讨厌她。"

母亲想着这个话就笑,三三想着也笑了。

三三于是又匆匆的向前走去,因为黄昏太美了,三三不久又停顿在前面枫树下了,还要母亲也陪她坐一会,送那片云过去再走。母亲自然不会不答应的。两人坐在那石条子上,三三把头上的竹篮儿取下后,用手整理到头发,就又想起那个男人一样短短头发的女人。母亲说:"三三,你用围裙揩揩脸,脸上出汗了。"三三好像不听到妈妈的话,眺望另一方,她心中出奇,为什么有许多人的脸,白得像茶花。她不知不觉又把这个话同母亲说了,母亲就说,这就是他们称呼为城里人的理由,不必擦粉脸也总是很白的。

三三说:"那不好看。"母亲也说:"那自然不好看。"三三又说:

"宋家的黑子姑娘才真不好看。"母亲因为到底不明白三三意思所在，所以再不敢挽言，就只貌作留神的听着，让三三自己去作结论。

三三的结论就只是故意不同母亲意见一致，可是母亲若不说话时，自己就不须结论，也闭了口，不再作声了。

另外某一天，有人从大寨里挑谷子来碾坊的，挑谷子的男人走后，留下一个女人在旁边照料一切。这女人具一种欢喜说话的性格，且不久才从六十里外一个寨上吃喜酒回来，有一肚子的故事，同许多消息，得同一个人说话才舒服，所以就拿来与碾坊母女两人说。母亲因为自己有一个女儿，有些好奇的理由，专欢喜问人家到什么地方吃喜酒，看到些什么体面姑娘，看到些什么好嫁妆。她还明白，照例三三也愿意听这些故事。所以就向那个人，问了这样又问那样，要那人一五一十说出来。

三三听到这些话，却静静的坐在一旁，用耳朵听着，一句话不说，有时说的话那女人以为不是女孩子应当听的，声音较低时，三三就装作毫不注意的神气，用绳子结连环玩，实际上仍然听得清清楚楚。因为，听到些怪话，三三忍不住要笑了，却别过头去悄悄的笑，不让那个长舌妇人注意。

到后那两个老太太，自然而然就说到总爷家中的来客，且说及那个白袍白帽的女人了。那妇人说：她听说这白帽白袍女人，是用钱雇来的一个女人，雇来照料那个少爷，好几两银子一天。但她却又以为这话不十分可靠，她以为这人一定就是城里人的少奶奶，或者小姨太太。

三三的妈妈意见却同那人的恰恰相反，她以为那白袍女人，决不是少奶奶。

那妇人就说:"你怎么知道决不是少奶奶?"

三三的妈说:"怎么会是少奶奶。"

那人说:"你告我些道理。"

三三的妈说:"自然有道理,可是我说不出。"

那人说:"你又不看到,你怎么会知道。"

三三的妈说:"我怎么不看到……"

两人争着不能解决,又都不能把理由说得完全一点,尤其是三三的母亲,又忘记说是听到过那少爷喊叫过周小姐的话,来用作证据,三三却记到许多话,只是不高兴同那个妇人去说,所以三三就用别种的方法打乱了两人不能说清楚的问题。三三说:"娘,莫争这些事情,帮我洗头吧,我去热水。"

到后那妇人把米碾完挑走了,把水热好了的三三,坐在小凳上一面解散头发,一面带着抱怨神气向她娘说:

"娘,你真奇怪,欢喜同那老婆子说空话。"

"我说了些什么空话?"

"人家媳妇不媳妇管你什么事。"

…………

母亲想起什么事来了,抿着口痴了半天,轻轻的叹了一口气。

过几天,那个白帽白袍的女人,却同总爷家一个小女孩子到碾坊来玩了,玩了大半天,说了许多话,妈妈因为第一次有这么一个客人,所以走出走进,只想杀一只母鸡留客吃饭,但又不敢开口,所以十分为难。

三三则把客人带到溪下游一点有水车的地方去,玩了好一阵,在水边摘了许多金针花，回来时又取了钓竿，搬了凳子，到溪边去陪白帽子女人钓鱼。

溪里的鱼好像也知道凑趣。那女人一根钓竿，一会儿就得了四只大鲫鱼，使她十分欢喜。到后应当回去了，女人不肯拿鱼回去，母亲可不答应，一定要她拿去。并且因为白帽子女人说南瓜子好吃，就又另外取了一口袋的生瓜子，要同来的那个小女孩代为拿着。

再过几天那白脸人同总爷家管事先生，也来钓了一次鱼，又拿了许多礼物回去。

再过几天那病人却同女人在一块儿来了，来时送了一些用瓶子装的糖，还送了些别的东西，使主人不知如何措置手脚。因为不敢留这两个尊贵人吃饭，所以到两人临走时，三三母亲还捉了两只活鸡，一定要他们带回去。两人都说留到这里生蛋，用不着捉去，还不行，到后说等下一次来再杀鸡，那两只鸡才被开释放下了。

自从这两个客人到碾坊这次以后，碾坊里有点不同过去的样子，母女两人说话，提到"城里"的事情就渐渐多了。城里是什么样子，城里有些什么好处，两人本来全不知道。两人用总爷家的派头，同那个白脸男子白袍女人的神气，以及平常从乡下人听来的种种，作为想象的根据，摹拟到城里的一切景况，都以为城里是那么一种样子：一座极大的用石头垒就的城，这城里就有许多好房子，每一栋好房子里面住了一个老爷同一群少爷，每一个人家都有许多成天穿了花绸衣服的女人，装扮得同新娘子一样，坐在家中房里，什么事也不必作。每一个人家，房子里一定都有许多跟班同丫头，跟班的坐在大门前接客人的名片，丫头便为老爷剥莲心去燕窝的毛。城里一定有很多条大街，街上全是车马，城里有洋人，脚干直直的，就在这类大街上走来走去。城里还有大衙门，许多官如包龙图一样，威风凛凛，一天审案到夜，夜了还得点了灯审案。城里还有铺子，卖的是各样希奇古怪的东西。城里一定还有许多庙，庙里成天有人唱戏，成天也有人看戏，看戏的全是坐在一条板凳上，一面看戏一面剥黑瓜子。

自然这些情形都是实在的。这想象中的都市，像一个故事一样动人，保留在母女两人心上，却永远不使两人痛苦。她们在自己习惯中得到幸福，却又从幻想中得到快乐，所以若说过去的生活是很好的，那到后来可说是更好了。

但是，从另外一些记忆上，三三的妈妈却另外还想起了一些事情，因此有好几回同三三说话到城里时，却忽然又住了口不说下去。三三询问这是什么意思，母亲就笑着，仿佛意思就只是想笑一会儿，什么别的意思也没有。

三三可看得出母亲笑中有原因，但总没有方法知道这另外原因是件什么事情。或者是妈妈预备要搬进城里，或者是作梦到过城里，或者是因为三三长大了，背影子已像一个新娘子了，妈妈惊讶着，这些躲在老人家心上一角儿的事可多着呐。三三自己也常常发笑，且不让母亲知道那个理由，每次到溪边玩，听母亲喊"三三你回来吧"，三三一面走一面总轻轻的说："三三不回来了，三三永不回来了。"为什么说不回来，不回来又到些什么地方来落脚，三三不曾认真打量过。

有时候两人都说到前一晚上梦中去过的城里，看到大衙门大庙的情形，三三总以为母亲到的是一个城里，她自己所到又是一个城里。城里自然有许多，同寨子差不多一样，这个三三老早就想到了的。三三所到的城里一定比母亲所到的还远一点，因为母亲凡是梦到城里时，总以为同总爷家那堡子差不多，只不过大了一点，却并不很大。

三三因为听到那白帽子女人说过，一个城里看护至少就有两百，所以她梦到的就是两百个白帽子人的城里！

妈妈每次进寨子送鸡蛋去，总说他们问三三，要三三去玩，三三却怪母亲不为她梳头。但有时头上辫子很好，却又说应当换干净衣服才去。一切都好了，三三却常常临时又忽然不愿意去了。母亲自然是不强着三三的，但有几次母亲有点不高兴了，三三先说不去，到后又去，去到那里，两人是都很快乐的。

人虽不去大寨，等待妈妈回来时，三三总很愿意听听说到那一面的事情。母亲一面说，一面注意三三的眼睛，这老人家懂得到三三心事。她自己以为十分懂得三三，所以有时话说得也稍多了一点，譬如关于白帽子女人，如何照料白脸男子那一类事，母亲说时总十分温柔，同时看三三的眼睛，也照样十分温柔，于是，这母亲，忽然又想到了远远的什么一件事，不再说下去，三三也想到了另外一件事，不必妈妈说话了，这母女二人就沉默了。

总爷家管事，有次过碾坊来了，来时三三已出到外边往下溪水车边采金针花去了。三三回碾坊时，望到母亲同那个管事先生商量什么似的在那里谈话，管事一见到三三，就笑着什么也不说。三三望望母亲的脸，从母亲脸上颜色，也看出像有些什么事，很有点凑巧。

那管事先生见到三三就说："三三，我问你，怎么不到堡子里去玩，有人等你！"

三三望到自己手上那一把黄花，头也不抬说："谁也不等我。"

管事先生说："你的朋友等你。"

"没有人是我的朋友。"

"一定有人！"

"你说有就有吧。"

"你今年几岁，是不是属龙的？"

三三对这个谈话觉得有点古怪，就对妈妈看着，不即作答。

管事先生却说："你不说我也知道，你妈妈还刚刚告我，四月十七，你看对不对？"

三三心想，四月十七五月十八你都管不着，我又不希罕你为我拜寿。但因为听说是妈妈告的，三三就奇怪，为什么母亲同别人谈这些话。她就对母亲把小小嘴唇扁了一下，怪着她不该同人说起这些，本来折的花应送给母亲，也不高兴了，就把花放在休息着的碾盘旁，跑出到溪边，拾石子打飘飘梭去了。

不到一会儿，听到母亲送那管事先生出来了，三三赶忙用背对着大路，装着眺望溪对岸那一边牛打架的样子，好让管事先生走去。管事先生见三三在水边，却停顿到路上，喊三姑娘，喊了好几声，三三还故意不理会，又才听到那管事先生笑着走了。

管事先生走后，母亲说："三三，进屋里来，我同你说话。"三三还是装作不听到，并不回头，也不作答。因为她似乎听到那个管事先生，临走时还说："三三你还得请我喝酒。"这喝酒意思，她是懂得到的，所以不知为什么，今天却十分不高兴这个人。同时因为这个人同母亲一定还说了许多话，所以这时对母亲也似乎不高兴了。

到了晚上，母亲因为见三三不大说话，与平时完全不同了，母亲说："三三，怎么，是不是生谁的气？"

三三口上轻轻的说："没有，"心里却想哭一会儿。

过两天，三三又似乎仍然同母亲讲和了，把一切事都忘掉了，可是再也不提到大寨里去玩，再也不提醒母亲送鸡蛋给人了，同时母亲那一面，似乎也因为了一件事情，不大同三三提到城里的什么，不说是应当送鸡蛋到大寨去了。

日子慢慢的过着，许多人家田堤的新稻，为了好的日头同恰当的雨水，长出的禾穗全垂了头。有些人家的新谷已上了仓，有些人家摘着早熟的禾线，舂出新米各处送人尝新了。

因为寨子里那家嫁女的好日子快到了，搭了信来接母女两人过去陪新娘子，母亲正新给三三缝了一件葱绿布围裙，故要三三去住两天。三三没有什么理由可以说不去，所以母女两人就带了些礼物到寨子里来了。到了那个嫁女的家里，因为一乡的风气，在女人未出阁以前，有展览妆奁的习惯，一寨子的女人皆可来看，所以就见到了那个白帽子的女人。她因为在乡下除了照料病人就无什么事情可作，所以一个月来在乡下就成天同乡下女人玩玩，如今随了别的女人来看嫁妆，所以就碰到了这母女两人。

一见面，这白帽子女人便用城里人的规矩，怪三三母亲，问为什么多久不到总爷家里来看他们，又问三三为什么忘了她，这母女两人自然什么也不好说，只按照到一个乡下人的方法，望到略显得黄瘦了的白帽子女人笑着。后来这白帽子的女人，就告给三三妈妈，说病人的病还不什么好，城里医生来了一次，以为秋天还要换换地方，预备八月里就回城去，再要到一个顶远的有海的地方养息。因为不久就要走了，所以她自己同病人，都很想念母女两人，同那个小小碾坊。

这白帽子女人又说：曾托过人带信要她们来玩的，不知为什么她们不来。又说她很想再来碾坊那小潭边钓鱼，可是又因为天气热了一点。

这白帽子女人，望到三三的新围裙，就说：

"三三，你这个围腰真美，妈妈自己作的是不是？"

三三却因为这女人一个月以来脸晒红多了，就望着这个人的红脸好笑。

母亲说："我们乡下人，要什么讲究东西，只要穿得身上就好了。"因为母亲的话不大实在，三三就轻轻的接下去说，"可是改了三次。"

那白帽子女人听到这个话，向母女笑着："老太太你真有福气，做你女儿的也真有福气。"

"这算福气吗？我们乡下人那里比得城里人好。"

因为有两个人正抬了一盒礼过去，三三追了过去想看看是什么时。白帽子女人望着三三的背影，"老太太，你三姑娘陪嫁的，一定比这家还多。"

母亲也望那一方说："我们是穷人，姑娘嫁不出去的。"

这些话三三都听到，所以看完了那一抬礼，还不即过来。

说了一阵话，白帽子女人想邀母女两人到总爷家去看看病人，母亲看到三三有点不高兴，同时且想起是空手，乡下人照例又不好意思空手进人家大门，所以就答应过两天再去。

又过了几天，母女二人在碾坊，因为谈到新娘子敷水粉的事情，想起白帽子女人的脸，一到乡下后就晒红了许多的情形，且想起那天曾答应人家的话了，故妈妈问三三，什么时候高兴去寨子里总爷家看"城里人"，三三先是说不高兴，到后又想了一下，去也不什么要紧，就答应母亲，不拘那一天去都行。既然不拘什么时候，那么，自然第二天就可以去了。

因为记起那白帽子女人说的话，很想来碾坊玩，所以三三要母亲早上同去，好就便邀客来，到了晚上再由三三送客回去。母亲则因为想到前次送那两只鸡，客答应了下次来吃，所以还预备早早的回来，好杀鸡款客。

一早上，母女两人就提了一篮鸡蛋，向大寨走去。过桥，过竹林，过小小山坡，道旁露水还湿湿的，金铃子像敲钟一样，叮叮的从草里发出声音来，喜鹊喳喳的叫着从头上飞过去。母亲走在三三的后面，看到三三苗条如一根笋子，拿着棍儿一面走一面打道旁的草，记起从前总爷家管事先生问过她的话，不知道究竟是些什么意思。又想到几天以前，白帽子女人说及的话，就觉得这些从三三日益长大快要发生的事，不知还有许多。

她零零碎碎就记起一些属于别人的印象来了……一顶凤冠，用珠子穿好的，搁到谁的头上？二十抬贺礼，金锁金鱼，这是谁？……床上撒满了花，同百果莲子枣子，这是谁？……四个奶奶还说不合式，这是谁？……那三三是不是城里人？……

若不是滑了一下，向前一窜，这梦还不知如何放肆做下去。

因为听到妈妈口上连作呸呸，三三才回过头来："娘，你怎么，想些什么，差点儿把鸡蛋篮子也摔了。你想些什么？"

"我想我老了，不能进城去看世界了。"

"你难道欢喜城里吗？"

"你将来一定是要到城里去的！"

"怎么一定？我偏不上城里去！"

"那自然好极了。"

两人又走着，三三忽然又说："娘，娘，为什么你说我要到城里去？"

母亲忙说："你不去城里，我也不去城里。城里天生是为城里人预备的，我们自然有我们的碾坊，不会离开。"

不到一会儿，就望到大寨那门楼了，总爷家在大寨南方，门前有许多大榆树和梧桐树，两人进了寨门向南走，快要走到时，就望到些榆树下面，有许多人站立，好像看热闹似的，其中还有一些人，忙手忙脚的搬移一些东西，看情形好像是总爷家发生了什么事情，或者来了远客，或者还有别的原因，所以母女两人也不什么出奇，仍然慢慢的走过去。三三一面走一面说："莫非是衙门的官来了，娘，我在这里等你，你先过去看看吧。"妈妈随随便便答应着，心里觉得有点蹊跷，就把篮子放下要三三等着，自己赶上前去了。

这时恰巧有个妇人抱了自己孩子向北走，预备回家去，看到三三了，就问："三三，怎么你这样早，有些什么事？"但同时却看到了三三篮里的鸡蛋了，"三三，你送谁的礼呢？"

三三说："随便带来的。"因为不想同这人说别的话，故低下头去，用手攀弄那个盘云的葱绿围腰扣子。

那妇人又说："你妈呢？"

三三还是低着头用手向南方指着："过那边去了。"

那女人说："那边死了人。"

"是谁死了？"

"就是上个月从城中搬来在总爷家养病的少爷，只说是病，前一些日还常常同管事先生出外面玩，谁知就死了。"

三三听到这个，心里一跳，心想，难道是真话吗？

这时，母亲从那边也知道消息了，匆匆忙忙的跑回来，脸儿白白的，到了三三跟前，什么话也不说，拉着三三就走，好像是告三三，又像是自言自语的说:"就死了,就死了,真不像会死!"

但三三却立定了,三三问:"娘,那白脸先生死了吗?"

"都说是死了的。"

"我们难道就回去吗?"

母亲想想,真的,难道就回去?

因此母女两人又商量了一下,还是到总爷家去看看,知道究竟是些什么原因,三三且想见见那白帽子女人,找到白帽子女人一切就明白了,但一走进总爷家门边,望到许多人站在那里,大门却敞敞的开着,两人又像怕人家知道他们是来送礼的,不敢进去。在那里就听到许多人说到这个白脸人的一切,说到那个白帽子女人,称呼她为病人的媳妇,又说到别的,都显然证明这些人并不同这两个城里人有什么熟识。

三三脸白白的拉着妈妈的衣角,低声的说"走",两人就走了。

…………

到了磨坊,因为有人挑了谷子来在等着碾米,母亲提着蛋篮子进去了,三三站立溪边,眼望一泓碧流,心里好像掉了什么东西,极力去记忆这失去的东西的名称,却数不出。

母亲想起三三了,在里面喊着三三的名字。三三说:"娘,我在看虾米呢。"

"来把鸡蛋放到坛子里去,虾米在溪里可以成天看!"因为母亲那么说着,三三只好进去了。磨盘正开始在转动,母亲各处找寻油瓶,三三知道那个油瓶挂在门背后,却不做声,尽母亲各处去找。三三望着那篮子就蹲到地下去数着那篮子里的鸡蛋,数了半天,后来碾米的人，问为什么那么早拿鸡蛋往别处去送谁，三三好像不曾听到这个话，站起身来又跑出去了。

起八月五日讫九月十七日　青岛

玫瑰与九妹

本篇发表于 1925 年 11 月 19 日《晨报副刊》第 1400 号。署名休芸芸。

大哥从学堂归来时，手上拿了一大束有刺的青绿树枝。

"妈，我从萧家讨得玫瑰花来了。"

大哥高兴的神气，像捡得八宝精似的。

"不知大哥到那个地方找得这些刺条子来，却还来扯谎妈是玫瑰花，（九妹说）妈，你是莫要信他话！"

"你不信不要紧。到明年子四月间开出各种花时，我可不准你戴，……还有好吃的玫瑰糖。"大哥见九妹不相信，故意这样逗她。说到玫瑰花时，又把手上那一束青绿刺条子举了一举，——像大朵大朵的绯红玫瑰花已满缀在枝上，而立即就可以折下来做玫瑰糖似的！

"谁希罕你的，我顾自不会跑到三姨家去折吗！妈，是吧？"

"是！我宝宝不有几多，会希罕他的？"

妈虽说是顺到九妹的话，但这原是她要大哥到萧家讨的，是以又要我去帮大哥的忙：

"芸儿去帮大哥的忙，把那蓝花六角形钵子的鸡冠花拔出不要了，就用那四个钵子分栽。剩下的把插到花坛海棠边去。"

大哥在九妹脸上轻轻的刮了一下，就走到院中去了。娇纵的九妹，气得两脚乱跳，非要走出去照例报复一下不可。但终于给妈扯住了。

"乖崽，让他一次就是了！我们夜里煮鸽子蛋吃，莫分他……那你打妈一下好吧。"

"妈讨厌！专卫护你大哥！他有理无理打了人家一个耳巴子，难道就算了？"

妈把九妹正在眼睛角边干搭的小手放到自己脸上拍了几下，九妹又笑了。

大哥这一刮，自然是为的报复九妹多嘴的仇。

满院坝散着红墨色土砂；有些细小的红色曲蟮四处乱爬着。几只小鸡在那里用脚乱搅；赶了去又复拢来。大哥卷起两只衣袖筒，拿了外祖母剪麻绳那把方头大剪刀，把玫瑰枝条一律剪成一尺多长短。又把剪处各粘上一片糯泥巴，说是免得走气。

"老二，这一共是三种；（大哥用手指点）这是红的，——这是水红，这是大红；那种是白的：是栽成各自一钵好——还是混合起栽好呢——你说？"

"打伙栽好玩点。开花时也必定更热闹有趣……大哥，怎么又不将那种黄色镶边的弄来呢？"

"那种难活，萧子敬说不容易插，到分株时答应分给我两钵……好，依你办，打伙儿栽好玩点。"

我们把钵子底各放了一片小瓦，才将新泥放下。大哥扶着枝条，待我把泥土堆到与钵口齐平时，大哥才敢松手，又用手筑实一下，洒了点水，然后放到花架子上去。

每钵的枝条均约有十根左右，花坛上，却只插了三根。

就中最关心花发育的自然要数大哥了。他时时去看视，间或又背到妈偷悄儿拔出钵中小的枝条来验看是否生了根须。妈也能记到于每早上拿着那把白铁喷壶去洒水。当小小的翠绿叶片从枝条上嫩杈桠间长出时，大家都觉得极高兴。

"妈，妈，玫瑰有许多苞了！有个大点的尖尖上已红。往天我们总不去注意过它，还以为今年不会开花呢。"

六弟发狂似的高兴，跑到妈床边来说。九妹还刚睡醒，眼屎朦胧搂着妈手臂说笑，听见了，忙要挣着起床，催妈帮她穿衣。

她连袜子也不及穿，披着那一头黄发，便同六弟站在那蓝花钵子边旁数花苞了。

"妈，第一个钵子有七个，第二个钵子有二十几个，第三个钵子有十七个，第四个钵子有三个；六哥说第四个是不大向阳，但它叶子却又分外多分外绿。花坛上六哥不准我爬上去，他说有十几个。"

当妈为九妹在窗下梳理头上那一脑壳黄头发时，九妹便把刚才同六弟所数的花苞数目告妈。

没有做声的妈，大概又想到去年秋天栽花的大哥身上去了。

当第一朵水红的玫瑰在第二个钵子上开放时，九妹记着妈的教训，连洗衣的张嫂进屋时见到刚要想用手去抚摩一下，也为她"嗨！不准抓呀！张嫂。"忙制止着了。以后花越开越多，九妹同六弟两人每早上都各争先起床跑到花钵边去数夜来新开的花朵有多少。九妹还时常一人站立在花钵边对着那深红浅红的花朵微笑；像花也正觑着她微笑的样子。

花坛上大概是土多一点吧。虽只三四个枝条，开的花却不次于钵头中的。并且花也似乎更大一点。不久，接近檐下那一钵子也开得满身满体了。而新的苞还是继续从各枝条嫩芽中茁壮。

屋里似乎比往年热闹一点。

凡到我家来玩的人，都说这花各种颜色开在一个钵子内，真是错杂的好看。同到大姐同学的一些女人到我家来看花时，也都夸奖这花有趣。三姨并且说这比她花园里的开得茂盛的远。

妈因为爱惜，从不忍折一朵下来给人，因此，谢落了的，不久便都各于它的蒂上长了一个小绿果子。妈又要我写信去告在长沙读书的大哥，信封里九妹附上了十多片谢落下的玫瑰花瓣。

那年的玫瑰糖呢，还是九妹到三姨家里折了一大篮单瓣玫瑰做的。

于北京窄而霉小斋

静

本篇发表于1932年5月1日《创化》第1卷第1号。署名沈从文。

春天日子是长极了的。长长的白日，一个小城中，老年人不向太阳取暖就是打瞌睡，少年人无事作时皆在晒楼或空坪里放风筝。天上白白的日头慢慢的移着，云影慢慢的移着，什么人家的风筝脱线了，各处便皆有人仰了头望到天空，小孩子皆大声乱嚷，手脚齐动，盼望到这无主风筝，落在自己家中的天井里。

女孩子岳珉年纪约十四岁左右，有一张营养不良的小小白脸，穿着新上身不久长可齐膝的蓝布袍子，正在后楼屋顶晒台上，望到一个从城里不知谁处飏来的脱线风筝，在头上高空里斜斜的溜过去，眼看到那线脚曳在屋瓦上，隔壁人家晒台上，有一个胖胖的妇人，正在用晾衣竹竿乱捞。身后楼梯有小小声音，一个男小孩子，手脚齐用的爬着楼梯，不久一会，小小的头颅就在楼口边出现了。小孩子怯怯的，贼一样的，转动两个活泼的眼睛，不即上来，轻轻的喊女孩子。

"小姨，小姨，婆婆睡了，我上来一会儿好不好？"

女孩子听到声音，忙回过头去。望到小孩子就轻轻的骂着："北生，你该打，怎么又上来？等会儿你姆妈就回来了，不怕骂吗？"

"玩一会儿。你莫出声，婆婆睡了！"小孩重复的说着，神气十分柔和。

女孩子皱着眉吓了他一下，便走过去，把小孩援上晒楼了。

这晒楼原如这小城里所有平常晒楼一样，是用一些木枋，疏疏的排列到一个木架上，且多数是上了点年纪的。上了晒楼，两人倚在朽烂发霉摇摇欲堕的栏杆旁，数天上的大小风筝。晒楼下面是斜斜的屋顶，屋瓦疏疏落落，有些地方经过几天春雨，都长了绿色霉苔。屋顶接连屋顶，晒楼左右全是别人家的晒楼。有晒衣服被单的，把竹竿撑得高高的，在微风中飘飘如旗帜。晒楼前面是石头城墙，可以望到城墙上石罅里植根新发芽的葡萄藤。晒楼后面是一道小河，河水又清又软，很温柔的流着。河对面有一个大坪，绿得同一块大毡茵一样，上面还绣得有各样颜色的花朵。大坪尽头远处，可以看到好些菜园同一个小庙。菜园篱笆旁的桃花，同庵堂里几株桃花，正开得十分热闹。

日头十分温暖，景象极其沉静，两个人一句话不说，望了一会天上，又望了一会河水，河水不像早晚那么绿，有些地方似乎是蓝色，有些地方又为日光照成一片银色。对岸那块大坪，有几处种得有油菜，菜花黄澄澄的如金子。另外草地上，有从城里染坊中人晒得许多白布，长长的卧着，用大石块压着两端。坪里也有三个人坐在大石头上放风筝，其中一个小孩，吹一个芦管唢呐，吹各样送亲嫁女的调子。另外还有三匹白马，两匹黄马，没有人照料，在那里吃草，从从容容，一面低头吃草一面散步。

小孩北生望到有两匹马跑了，就狂喜的喊着："小姨，小姨，你看！"小姨望了他一眼，用手指指楼下，这小孩子懂事，恐怕下面知道，赶忙把自己手掌掩到自己的嘴唇，望望小姨，摇了一摇那颗小小的头颅，意思像在说："莫说，莫说。"

两个人望到马，望到青草，望到一切，小孩子快乐得如痴，女孩子似乎想到很远的一些别的东西。

　　他们是逃难来的，这地方并不是家乡，也不是所要到的地方。母亲，大嫂，姊姊，姊姊的儿子北生，小丫头翠云一群人中就只五岁大的北生是男子。糊糊涂涂坐了十四天小小篷船，船到了这里以后，应当换轮船了，一打听各处，才知道××城还在被围，过上海或过南京的船车全已不能开行。到此地以后，证明了从上面听来的消息不确实。既然不能通过，回去也不是很容易的，因此照妈妈的主张，就找寻了这样一间屋子权且居住下来，打发随来的兵士过宜昌，去信给北京同上海，等候各方面的回信。在此住下后，妈妈同嫂嫂只盼望宜昌有人来，姊姊只盼望北京的信，女孩岳珉便想到上海一切。她只希望上海先有信来，因此才好读书。若过宜昌同爸爸住，爸爸是一个军部的军事代表。哥哥也是个军官，不如过上海同教书的第二哥哥同住。可是××一个月了还打不下。谁敢说定什么时候才能通行？几个人住此已经有四十天了，每天总是要小丫头翠云作伴，跑到城门口那家本地报馆门前去看报，看了报后又赶回来，将一切报上消息，告给母亲同姊姊。几人就从这些消息上，找出可安慰的理由来，或者互相谈到晚上各人所作的好梦，从各样梦里，卜取一切不可期待的佳兆。母亲原是一个多病的人，到此一月来各处还无回信，路费剩下来的已有限得很，身体原来就很坏，加之路上又十分辛苦，自然就更坏了。女孩岳珉常常就想到："再有半个月不行，我就进党务学校去也好吧。"那时党务学校，十四岁的女孩子的确是很多的。一个上校的女儿有什么不合式？一进去不必花一个钱，六个月毕业后，派到各处去服务，还有五十块钱的月薪。这些事情，自然也是这个女孩子，从报纸上看来，保留到心里的。

正想到党务学校的章程，同自己未来的运数，小孩北生耳朵很聪锐，因恐怕外婆醒后知道了自己私自上楼的事，又说会掉到水沟里折断小手，已听到了楼下外婆咳嗽，就牵小姨的衣角，轻声的说："小姨，你让我下去，大婆醒了！"原来这小孩子一个人爬上楼梯以后，下楼时就不知道怎么办了的。

女孩岳珉把小孩子送下楼以后，看到小丫头翠云正在天井洗衣，也就蹲到盆边去搓了两下，觉得没什么趣味，就说："翠云，我为你楼上去晒衣吧。"拿了些扭干了水的湿衣，又上了晒楼。一会儿，把衣就晾好了。

这河中因为去桥较远，为了方便，还有一只渡船，这渡船宽宽的如一条板凳，懒懒的搁在滩上。可是路不当冲，这只渡船除了染坊中人晒布，同一些工人过河挑黄土，用得着它以外，常常半天就不见一个人过渡。守渡船的人，这时正躺在大坪中大石块上睡觉，那船在太阳下，灰白憔悴，也如十分无聊十分倦怠的样子，浮在水面上，慢慢的在微风里滑动。

"为什么这样清静？"女孩岳珉心里想着。这时节，对河远处却正有制船工人，用钉锤敲打船舷，发出砰砰庞庞的声音。还有卖针线飘乡的人，在对河小村镇上，摇动小鼓的声音。声音不断的在空气中荡漾，正因为这些声音，却反而使人觉得更加分外寂静。

过一会，从里边有桃花树的小庵堂里，出来了一个小尼姑，戴黑色僧帽，穿灰色僧衣，手上提了一个篮子，扬长的越过大坪向河边走来。这小尼姑走到河边，便停在渡船上面一点，蹲在一块石头上，慢慢的卷起衣袖，各处望了一会，又望了一阵天上的风筝，才从容不迫的，从提篮里取出一大束青菜，一一的拿到面前，在流水里乱摇乱摆。因此一来，河水便发亮的滑动不止。又过一会，从城边岸上来了一个乡下妇人，在这边岸上，喊叫过渡。渡船夫上船抽了好一会篙子，才把船撑过河，把妇人渡过对岸。不知为什么事情，这船夫像吵架似的，大声的说了一些话，那妇人一句话不说就走去了。跟着不久，又有三个挑空箩筐的男子，从近城这边岸上唤渡，船夫照样缓缓的撑着竹篙，这一次那三个乡下人，为了一件事，互相在船上吵着，划船的可一句话不说，一摆到了岸，就把篙子钉在沙里。不久那六只箩筐，就排成一线，消失到大坪尽头去了。

　　洗菜的小尼姑那时也把菜洗好了，正在用一段木杵，捣一块布或是件衣裳，捣了几下，又把它放在水中去拖摆几下，于是再提起来用力捣着。木杵声音印在城墙上，回声也一下一下的响着。这尼姑到后大约也觉得这回声很有趣了，就停顿了工作，尖锐的喊叫："四林，四林。"那边也便应着："四林，四林。"再过不久，庵堂那边也有女人锐声的喊着："四林，四林。"且说些别的话语，大约是问她事情做完了没有。原来这就是小尼姑自己的名字！这小尼姑事作完了，水边也玩厌了，便提了篮子，故意从白布上面，横横的越过去，踏到那些空处，走回去了。

　　小尼姑走后，女孩岳珉望到河中水面上，有几片菜叶浮着，傍到渡船缓缓的动着，心里就想起刚才那小尼姑十分快乐的样子。"小尼姑这时一定在庵堂里把衣晾上竹竿了！……一定在那桃花树下为老师傅捶背！……一定一面口下念佛，一面就用手逗身旁的小猫玩！……"想起许多事都觉得十分可笑，就微笑着，也学到低低的喊着"四林，四林。"

　　过了一会，想起这小尼姑的快乐，想起河里的水，远处的花，天上的云，以及屋里母亲的病，这女孩子，不知不觉又有点寂寞起来了。

她记起了早上喜鹊，在晒楼上叫了许久，心想每天这时候送信的都来送信，不如下去看看，是不是上海来了信。走到楼梯边，就见到小孩北生正轻脚轻手，第二回爬上最低那一级梯子。

"北生你这孩子，不要再上来了呀！"

下楼后，北生把女孩岳珉拉着，要她把头低下，耳朵俯就到他小口，细声细气的说："小姨，大婆吐那个……"

到房里去时，看到躺在床上的母亲，静静的如一个死人，很柔弱很安静的呼吸着，又瘦又狭的脸上，为一种疲劳忧愁所笼罩。母亲像是已醒过一会儿了，一听到有人在房中走路，就睁开了眼睛。

"珉珉，你为我看看，热水瓶里的水还剩多少。"

一面为病人倒出热水调和库阿可斯，一面望到母亲日益消瘦下去的脸，同那个小小的鼻子，女孩岳珉说："妈，妈，天气好极了，晒楼上望到对河那小庵堂里桃花，今天已全开了。"

病人不说什么，微微的笑着。想起刚才咳出的血，伸出自己那只瘦瘦的手来，摸了摸自己的额头，自言自语的说着，我不发烧。说了又望到女孩温柔的微笑着。那种笑是那么动人怜悯的，使女孩岳珉低低的嘘了一口气。

"你咳嗽不好一点吗？"

"好了好了不要紧的，人不吃亏。早上吃鱼，喉头稍稍有点火，不要紧的。"

这样问答着，女孩便想走过去，看看枕边那个小小痰盂。病人明白那个意思了，就说："没有什么。"又说："珉珉你站到莫动，我看看，这个月你又长高了！"

女孩岳珉害羞似的笑着,"我不像竹子吧,妈妈。我担心得很,人太长高了要笑人的!"

静了一会。母亲记起什么了。

"珉珉我作了个好梦,梦到我们已经上了船,三等舱里人挤得不成样子。"

其实这梦还是病人捏造的,因为记忆力乱乱的,故第二次又来说着。

女孩岳珉望到母亲同蜡做成一样的小脸,就勉强笑着,"我昨晚当真梦到大船,还梦到三毛老表来接我们,又觉得他是福禄旅馆接客的招待,送我们每一个人一本旅行指南。今早上喜鹊叫了半天,我们算算看,今天会不会有信来。"

"今天不来明天应来了!"

"说不定自己会来!"

"报上不是说过,十三师在宜昌要调动吗?"

"爸爸莫非已动身了!"

"要来,应当先有电报来!"

两人故意这样乐观的说着,互相哄着对面那一个人,口上虽那么说着,女孩岳珉心里却那么想着:"妈妈病怎么办?"病人自己也心里想着:"这样病下去真糟。"

姊姊同嫂嫂,从城北卜课回来了,两人正在天井里悄悄的说着话。女孩岳珉便站到房门边去,装成快乐的声音:"姊姊、大嫂,先前有一个风筝断了线,线头搭在瓦上曳过去,隔壁那个妇人,用竹竿捞不着,打破了许多瓦,真好笑!"

姊姊说:"北生你一定又同姨姨上晒楼了,不小心,把脚摔断,将来成跛子!"

小孩北生正蹲到翠云身边，听姆妈说到他，不敢回答，只偷偷的望到小姨笑着。

女孩岳珉一面向北生微笑，一面便走过天井，拉了姊姊往厨房那边走去，低声的说："姊姊，看样子，妈又吐了！"

姊姊说："怎么办？北京应当来信了！"

"你们抽的签？"

姊姊一面取那签上的字条给女孩，一面向蹲在地下的北生招手，小孩走过身边来，把两只手围抱着他母亲："娘，娘，大婆又咯咯的吐了，她收到枕头下！"

姊姊说："北生我告你，不许到婆婆房里去闹，知道么？"

小孩很懂事的说："我知道。"又说，"娘娘，对河桃花全开了，你让小姨带我上晒楼玩一会儿，我不吵闹。"

姊姊装成生气的样子："不许上去，落了多久雨，上面滑得很！"又说，"到你小房里玩去，你上楼，大婆要骂小姨！"

这小孩走过小姨身边去，捏了一下小姨的手，乖乖的到他自己小卧房去了。

那时翠云丫头已经把衣搓好了，且用清水荡过了，女孩岳珉便为扭衣裳的水，一面作事一面说："翠云我们以后到河里去洗衣，可方便多了！过渡船到对河去，一个人也不有，不怕什么吧。"翠云丫头不说什么，脸儿红红的，只是低头笑着。

病人在房里咳嗽不止，姊姊同大嫂便进去了。翠云把衣扭好了，便预备上楼。女孩岳珉在天井中看了一会日影，走到病人房门口望望。只见到大嫂正在裁纸，大姊姊坐在床边，想检察那小痰盂，母亲先是不允许，用手拦阻，后来大姊仍然见到了，只是摇头。可是三个人皆勉强的笑着,且故意想从别一件事上,解除一下当前的悲戚处,于是说到一个很久远的故事。到后三人又商量到写信打电报的事情。女孩岳珉不知为什么,心里尽是酸酸的,站在天井里,同谁生气似的,红了眼睛,咬着嘴唇。过一阵,听到翠云丫头在晒楼说话:

"珉小姐,珉小姐,你上来,看新娘子骑马,快要过渡了!"

又过一阵,翠云丫头于是又说:

"看呀,看呀,快来看呀,一个一块瓦的大风筝跑了,快来,快来,就在头上,我们捉它!"

女孩岳珉抬起来了头,果然从天井里也可以望到一个高高的风筝,如同一个吃醉了酒的巡警神气,偏偏斜斜的滑过去,隐隐约约还看到一截白线,很长的在空中摇摆。

也不是为看风筝,也不是为看新娘子,等到翠云下晒楼以后,女孩岳珉仍然上了晒楼了。上了晒楼,仍然在栏杆边傍着,眺望到一切远处近处,心里慢慢的就平静了。后来看到染坊中人在大坪里收拾布匹,把整匹白布折成豆腐干形式,一方一方摆在草上,看到尼姑庵里瓦上有烟子,各处远近人家也都有了烟子,她方离开晒楼。

下楼后,向病人房门边张望了一下,母亲同姊姊三人皆在床上睡着了。再到小孩北生小房里去看看,北生不知在什么时节,也坐在地下小绒狗旁睡着了。走到厨房去,翠云丫头正在灶口边板凳上,偷偷的用无敌牌牙粉,当成水粉擦脸。女孩岳珉似乎恐怕惊动了这丫头的神气,赶忙走过天井中心去。

这时听到隔壁有人拍门,有人互相问答说话。女孩岳珉心里很希奇的想到:"谁在问谁?莫非爸爸同哥哥来了,在门前问门牌号数吧?"这样想到,心便骤然跳跃起来,忙匆匆的走到二门边去,只等候有什么人拍门拉铃子，就一定是远处来的人了。

可是，过一会儿，一切又都寂静了。

女孩岳珉便不知所谓的微微的笑着。日影斜斜的，把屋角同晒楼柱头的影子，映到天井角上，恰恰如另外一个地方，竖立在她们所等候的那个爸爸坟上一面纸制的旗帜。

（萌妹述，为纪念姊姊亡儿北生而作。）
廿一年三月三十日

油坊

本篇发表于1933年1月1日《新时代》第3卷第5、6期合刊,新年号。署名沈从文。

若把江南地方当全国中心，有人不惮远，不怕荒僻，不嫌雨水瘴雾特别多，向南走，向西走，走三千里，可以到一个地方，是我在本文上所说的地方。这地方有一个油坊，以及一群我将提到的人物。

先说油坊。油坊是比人还古雅的，虽然这里的人也还学不到扯谎的事。

油坊在一个坡上，坡是泥土坡，像馒头，名字叫圆坳。同圆坳对立成为本村东西两险隘的是大坳。大坳也不过一土坡而已。大坳上有古时峒楼，用四方石头筑成，峒楼上生草生树，表明这世界用不着军事烽火已多年了。在坳峒上，善于打岩的人，一岩打过去，便可以打到圆坳油坊的旁边，原来这乡村，并不大。圆坳的油坊，从大坳方面望来，望这油坊屋顶与屋边，仿佛这东西是比峒楼还更古。其实油坊是新生后辈。峒楼是百年古物，油坊不过一半而已。

虽说这地方是平静，人人各安其生业，无匪患无兵灾，革命也不到这个地方来，然而五年前，曾经为另一个大县分上散兵扰了一次，加了地方人教训，因此若说村落是城池，这油坊已似乎关隘模样的东西了。油坊是本村关隘这话不错的，地方不忘记散兵的好处，增加了小心谨慎,练起保卫团有五年了。油坊的墙原本也是石头筑成,墙上打了眼,可以打枪,预备来了不好风声时保卫团就来此放枪放炮。实际上是等于零,地方不当冲,不会有匪,地方不富,兵不来。这时正三月,是油坊打油当忙的时候,山桃花已红满了村落,打桃花油时候已到,工人换班打油,还是忙,油坊日夜不停工,热闹极了。

虽然油坊忙,忙到不开交,从各处送来的桐子,还是源源不绝,桐子堆在油坊外面空坪简直是小山。

来送桐子的照例可以见到油坊主人,见到这个身上穿了满是油污邋遢衣衫的汉子,同他的帮手,忙到过斛上簿子,忙到吸烟,忙到说话,又忙到对年青女人亲热,谈养猪养鸡的事情,看来真是担心到他一到晚就会生病发烧。如果如此忙下去,则这汉子每日吃饭睡觉有不有时间,也仿佛成了问题。然而成天这汉子还是忙。大概天生一个地方一个时间,有些人精力就特别可惊起来,比如另一地方另一种人的懒惰一样,所以关心到这主人的村中人,看到主人忙,也不过笑笑,随即就离了主人身边,到油坊中去了。

初到油坊才会觉得这是一个怪地方!单是那圆顶的屋,从屋顶透进的光,就使我们陌生人见了惊讶。这团光帮我们认识了油坊的内部一切,增加了我们的神奇。

先从四围看,可以看到成千成万的油枯。油枯这东西,像饼子,像大钱,架空堆码高到油坊顶,绕屋全都是。其次是那屋正中一件东西,一个用石头在地面砌成的圆碾池,对径至少是三丈,占了全屋内部四分之一空间,三条黄牛绕大圈子打转,拖着那个薄薄的青钢石磨盘,盘磨是两个,一大一小,碾池里面是晒干了的桐子,桐子在碾池里卧,经碾盘来回的碾,便在一种轧轧声音下碎裂了。

把碾碎了的桐子末来处置，是两个年青人的事。他们是同在这屋里许多做硬功夫的人一样，上衣不穿，赤露了双膊。他们把一双强健有力的手，在空气中摆动，这样那样的非常灵便的把桐子末用一大方布包裹好，双手举起放到一个锅里去，这个锅，于时则正沸腾着一锅热水。锅的水面有凸起的铁网，桐末便在锅中上蒸，上面还有大的木盖。桐末在锅中，不久便蒸透了，蒸熟了，两个年青人，看到了火色，便快快用大铁钳将那一大包桐子末取出，用铲铲取这原料到预先扎好的草兜里，分量在习惯下已不会相差很远，大小则有铁箍在。包好了，用脚踹，用大的木槌敲打，把这东西捶扁了，于是抬到榨上去受罪。

油榨在屋的一角，在较微暗的情形中，凭了一部分屋顶光同灶火光，大的粗的木柱纵横的罗列，铁的皮与铁的钉，发着青色的滑的反光，使人想起古代故事中说的处罚罪人的"人榨"的威严。当一些包以草束以铁，业已成饼的东西，按了一种秩序放到架上以后，打油人，赤着膊，腰边围了小豹之类的兽皮，挽着小小的发髻，把大小不等的木劈依次嵌进榨的空处去，便手扶了那根长长的悬空的槌，唱着简单而悠长的歌，訇的撒了手，尽油槌打了过去。

反复着，继续着，油槌声音随着悠长歌声，荡漾到远处去。一面是屋正中的石磨盘，在三条黄牯牛的缓步下转动，一面是熊熊的发着哮吼的火与沸腾的蒸汽弥满的水，一面便是这长约三丈的一段圆而且直的木在空中摇荡；于是那从各处远近村庄人家送来的小粒的桐子，便在这样行为下，变成稠粘的，黄色的，半透明的流黄，流进地下的油糟了。

这油坊，正如一个生物，嚣杂纷乱，与伟大的谐调，使人认识这个整个的责任是如何重要。人物是从主人到赶牛小子，一共数目在二十以上，这二十余人在一个屋中，各因了职务的不同作着各样事情，在各不相同的工作上各人运用着各不相同的体力，又交换着谈话，表示事情的暇裕，这是一群还是一个，也仿佛不是用简单文字所能解释清楚。

但是，若我们离开这油坊一里两里，我们所能知道这油坊是活的，是有着人一样的生命，而继续反复制作一种有用的事物的，将从什么地方来认识？一离远，我们就不能看到那山堆的桐子仁，也看不到那形势奇怪的房子了。我们也不知道那怪屋里是不是有三条牸牛拖了那大石碾盘打转。也不知灶中的火还发吼没有。也不知那里是空洞死静的还是一切全有生气的。是这样，我们只有一个办法，说是听那打油人唱歌，以及跟了歌声起落仿佛作歌声的拍的宏壮的声音。从这歌声，与油槌的打击的大声上，我们就俨然看出油坊中一切来了。这歌声与打油声，有时五里以外还可以听到，是山中庄严的音乐，庄严到比佛钟还使人感动，能给人气力，能给人静穆与和平，就是这声音。从这声音可以使人明白严冬的过去，一个新的年份的开始，因为打油是从二月开始。且可以知道这地方的平安无警，人人安居乐业，因为地方有了警戒是不能再打油的。

油坊，是简单的，疏略的介绍过读者了。与这油坊有关系的，还有几个人。

要说的人，并不是怎样了不得的大人物。我们已经在每日报纸上，把一切于历史上有意义的阔人要人脸貌，生活，思想，行为，看厌了。对于这类人永远感生兴趣的，他不妨去作小官，设法同这些人接近。所以我说的人只是那些不逗人欢喜，生活平凡，行为庸碌，思想扁窄的乡下人。然而这类人，是在许多人生活中比起学问这东西一样疏远的。

领略了油坊，就再来领略一个打油人生活，也不为无意义——我就告你们一个打油人的一切吧。

这些打油人，成天守着那一段悬空的长木，执行着类乎刽子手的职务，手干摇动着，脚步转换着，腰儿钩着扶了那油槌走来走去，他们可不知那一天所作的事是出了油出了汗以外还出了什么。每天到了应换班时节，就回家。人一离开了打油槌，歌也便离开口边了。一天的疲劳，使他觉得非喝一杯极浓的高粱酒不可，他于是乎就走快一点。到了家，把脚一洗，把酒一喝，或者在灶边编编草鞋，或者到别家打一点小牌。有家庭的就同妻女坐到院坝小木板凳上谈谈天，到了八点听到砦上起了更就睡。睡，是一直到第二天五更才作兴醒的，醒来了，天还不大亮，就又到上工时候了。

一个打油匠生活，不过如此如此罢了。不过照例是这职业为专门职业，所以工作所得，较之小乡村中其他事业也独多，四季中有一季作工便可以对付一年生活，故这类人在本乡中地位也等于绅士，似乎比考秀才教书还合算。

可是这类人，在本地方真是如何稀少的人物啊！

天黑了，在高空中打团的鹰之类也渐渐的归林了，各处人家的炊烟已由白色变成紫色了，什么地方有妇人尖锐声音拖着悠长的调子喊着阿牛阿狗的小名回家吃饭了，这时圆坳的油坊停工了，从油坊中走出了一个人。这个人，行步匆匆像逃难，原来后面还有一个小子在追赶。这被追赶的人跟跟跄跄的滑着跑着在极其熟习的下坡路上走着，那追的小子赶上，就在后面喊他。

"四伯，四伯，慢走一点，你不同我爹喝一杯，他老人家要生气了。"

他回头转望那追赶他的人黑的轮廓，随走随大声的说：

"不，道谢了。明天来。五明，告诉你爹，我明天来。"

"那不成，今天是炖得有狗肉！"

"你多吃一块好了。五明小子你可以多吃一块，再不然帮我留一点，明早我来吃。"

"那他要生气！"

"不会的。告你爹，我有点小事，要到西村张裁缝家去。"

说着这样话的这个四伯，人已走下圆坳了，再回头望声音所来处的五明，所望到的是仿佛天是真黑了。

他不管五明同五明爹，放弃了狗肉同高粱酒，一定要急于回家，是因为念着家中的女儿。这中年汉子，唯一的女儿阿黑，是有病发烧，躺在床不能起来，等他回家安慰的。他的家，去油坊是上半里路，已属于另外一个村庄了，所以走到家时已经是五筒丝烟的时候了。快到了家，望到家中却不见灯光，这汉子心就有点紧。老老远，他就大声喊女儿的名字。他意思是或者女儿连起床点灯的气力也失掉了。不听到么，这汉子就更加心急。假若是，一进门，所看到的是一个死人，则这汉子也不必活了。他急剧的又忧愁的走到了自己家门前，用手去开那栅栏门，关在院中的小猪，见有人来以为是喂料的阿黑来了，就群集到那边来。

他暂时就不开门，因为听到屋的左边有人行动的声音。

"阿黑，阿黑，是你吗？"

"爹，不是我。"

故意说不是她的阿黑，却跑过来到她爹的身边了，手上拿的是一些仿佛竹管子东西，爹是见了阿黑又欢喜又有点埋怨的。

"怎么灯也不点，我喊你又不应？"

"饭已早煮好了。灯我忘记了。我不听见你喊我的声音，因为在后面园里去了。"

经过作父亲的用手摸过额角以后的阿黑，把门一开，先就跑进屋里去了，不久这小瓦屋中有了灯光。

又不久，在一盏小小的清油灯下，这中年父亲同女儿坐在一张小方桌边吃晚饭了。

吃着饭，望到脸上还是发红的病态未尽的阿黑，父亲把饭吃过一碗也不再添。被父亲所系念的阿黑，是十七八岁的人了，知道父亲发痴的理由，就说："一点儿病已全好了，这时人并不吃亏。"

"我要你规规矩矩睡睡，又不听我说。"

"我睡了半天，是因为到夜了天气真好，天上有霞，所以起来看，就便到后园去砍竹子，砍来好让五明作箫。"

"我担心你不好，所以才赶忙回来。不然今天五明留我吃狗肉，我那里就来。"

"爹你想吃狗肉我们明天自己炖一腿。"

"你那里会炖狗肉？"

"怎么不会？我可以问五明去。弄狗肉吃就是脏一点，费神一点。爹你买来拿到油坊去，要烧火人帮烙好刮好，我必定会办到好吃。"

"等你病好了再说吧。"

"我好了，实在好了。"

"发烧要不得！"

"发烧吃一点狗肉，以火攻火，会好得快一点。"

乖巧的阿黑，并不怎样想狗肉吃，但见到父亲对于狗肉的倾心，所以说狗肉自己来炖的话。但不久，不必自己亲手，五明从油坊里却送了一大碗狗肉来了。被他爹说了一阵怎不把四伯留下的五明，退思补过，所以赶忙拿了一大青花海碗红焖狗肉来。虽说是送狗肉来，来此还是垂涎另外一样东西，比四伯对狗肉似乎还感到可爱。五明为什么送狗肉一定要亲自来，如同做的大事一样，不管天晴落雨，不管早夜，这理由只有阿黑心中明白！

"五明，你坐。"阿黑让他坐，推了一个小板凳过去。

"我站站到也成。"

"坐，这孩子，总是不听话。"

"阿黑姐，我听你的话，不要生气！"

于是五明坐下了。他坐到阿黑身边驯伏到像一只猫。坐在一张白木板凳上的五明，看灯光下的阿黑吃饭，看四伯喝酒夹狗肉吃，若说四伯的鼻子是为酒糟红，使人见了仿佛要醉，那么阿黑的小小的鼻子，可不知是为什么如此逗人爱了。

"五明，再喝一杯，陪四伯喝。"

"我爹不准我喝酒。"

"好个孝子，可以上传。"

"我只听人说过孝女上传的故事，姐，你是传上的。"

"我是说你假，你以为你真是孝子吗？你爹不许你作许多事，似乎都背了爹作过了，陪四伯吃杯酒就怕爹骂，装得真俨然！"

"冤枉死我了，我装了些什么？"

四伯见五明被女儿逼急了，发着笑，动着那大的酒糟鼻，说阿黑应当让五明。

"爹，你不知道他，小虽小，顶会扯谎。"

大约是五明这小子的确在阿黑面前扯过不少的谎，证据被阿黑拿到手上了，所以五明虽一面嚷着冤枉了人，一面却对阿黑瞪眼，意思是告饶。

"五明你对我把眼睛做什么鬼？我不明白。"说了就纵声笑。五明真急了，大声嚷。

"是，阿黑姐，你这时不明白，到后我要你明白呀！"

"五明，你不要听阿黑的话，她是顶爱窘人的，不理她好了。"

"阿黑，"这汉子又对女儿说，"够了。"

"好，我不说了，不然有一个人眼中会又有猫儿尿。"

五明气突突的说："是的，猫儿尿，有一个人有时也欢喜吃人家的猫儿尿！"

"那是情形太可怜了。"

"那这时就是可笑——"说着，碗也不要，五明抽身走了。阿黑追出去，喊小子。

"五明，五明，拿碗去！要哭就在灯下哭，也好让人看见！"

走去的五明不做声，也不跑，却慢慢走去。

阿黑心中过意不去，就跟到后面走。

"五明，回来，我不说了。回来坐坐，我有竹子，你帮我作箫。"

五明心有点动就更慢走了点。

"你不回来，那以后就……什么也完了。"

五明听到这话，不得不停了脚步了。他停顿在大路边，等候追赶他的阿黑。阿黑到了身边，牵着这小子的手，往回走，这小子泪眼婆婆，仍然进到了阿黑的堂屋，站在那里对着四伯勉强作苦笑。

"坐！当真就要哭了，真不害羞。"

五明咬牙齿，不作声，四伯看了过意不去，帮五明的忙，说阿黑。

油坊

"阿黑，你就忘记你被毛朱伯笑你的情形了，让五明点吧，女人家不可太逞强。"

"爹你袒护他。"

"怎么袒护他？你大点，应当让他一点才对。"

"爹以为他真像是老实人，非让他不可。爹你不知道，有个时候他才真不老实！"

"什么时候？"作父亲的似乎不相信。

"什么时候么？多咧多！"阿黑说到这话，想起五明平素不老实的故事来，就笑了。

阿黑说五明不是老实人，这也不是十分冤枉的。但当真若是不老实人，阿黑这时也无资格打趣五明了。说五明不老实者，是五明这小子，人虽小，却懂得许多事，学了不少乖，一得便，就想在阿黑身上撒野，那种时节五明决不能说是老实人的，即或是不缺少流猫儿尿的机会。然而到底不中用，所以不规矩到最后，还是被恐吓收兵回营，仍然是一个在长者面前的老实人。这真可以说，虽然想不老实，又始终作不到，那就只有尽阿黑调谑一个办法了。

五明心中想的是报仇方法，却想到明天的机会去了。其实他不知不觉用了他的可怜模样已报仇了，因为模样可怜使这打油人有与东家作亲家的意思，因了他的无用，阿黑对这被虐待者也心中十分如意了。

五明不作声，看到阿黑把碗中狗肉倒到土钵中去，看到阿黑洗碗，看到阿黑……到后是把碗交到五明手上，另外塞了一把干栗子在五明手中，五明这小子才笑。

借口说怕院坝中猪包围的五明，要阿黑送出大门，出了大门却握了阿黑的手不放，意思还要在黑暗中亲一个嘴，算抵销适间被窘的账。

把阿黑手扯定，五明也觉得阿黑是在发烧了。

"姐，干吗，手这么热？"

"我有病，发烧。"

"怎不吃药？"

"一点儿小病。"

"一点儿，你说的！你的全是一点儿，打趣人家也是，自己的事也是。病了不吃药那怎么行。"

"今天早睡点，吃点姜发发汗，明早就好了。"

"你真使人担心！"

"鬼，我不要你假装关切，我自己会比你明白点。"

猎野猪的故事

本篇曾以经《猎野猪的人》为篇名发表于1927年6月25日《现代评论》第6卷第133期。署名从文。

"我都从不曾见过一次狼呢。"小四说。

我同样是从不曾见过的。但小四，这孩子，有一个乖脾气，譬如赖到你身上时，他说不吃过酸月饼，你就得学一个月饼发酸或到什么地方吃酸月饼的故事[1]，他才会满意。他说不见过什么，你也说不见，那可不成。不见，总听过的，就说听的吧，也可以。一句话，小四赖到身上时，是要听故事，但这故事又得他点题，不依他办，那下一次再来做客时就不理。

今天是四月五号，小四家丁香先公园的开放了，这本来是看丁香兼吃小四的妈煨鸭粥的。粥吃了三碗。口还为小四特别用筷子捡出的鸭子肉弄得油糊糊的，不说故事，大致是不大容易出大门的吧。

但狼这东西，究竟是什么样子？像狗，那一定。野狗我是见过的：尾子大，拖到地上，一对眼睛骨碌骨碌圆的发亮的，叫起来用鼻子贴到地面，像哭，地皮在那种呜呜的延续中也若在微微的摇动。不过我知道小四所要知道的，不是狼的形状，狼的凶残（他说他没有见

[1] 学故事 说故事。

过狼,其实万牲园的野狗,是见过三次的)。他是不见过会变女人的狼。这故事就得说一个猎人怎样打猎,先是用枪打那为狗赶逐出窝的狼,打不着,子弹火药也完了,于是,自己下马就去追,追来追去狼就捉住了。于是,用皮革条子缚了狼的脚,回家来,把狼丢到笼里去。于是,就磨刀,预备把刀磨快好剥狼皮做褥子。但是,一会儿,狼就变成美貌女子了。于是,结果猎人就得了一个妻。故事的内容要这样,其中各样又都不得苟且一点儿,譬如嗾狗,猎人得先打哨子,那你得嘘几声;放枪以前应安置弹药,你也得把小四爹爹的手杖拿来举个例。这差事真要选人当。

娘是顺到小四的,也像欢喜听。

近来的我,遇到说一件真真实实的故事,也形容不来,这一来,可真受苦了。

但不说又不成。

"小四,我因你劝我的鸭子肉劝得太多,肚子胀,故事也给胀忘了,明天说吧。"我就想得一个特殊的恩典。

"那不成。"

"那成的。我明天说两个都容易,今天半个也不有。"

"你有,"他还加分量说,"你是扯谎没有的。"

"我不有。四叔是不扯谎的。"

"娘,要吴妈关到门,不准四叔出去。"

关门,是做得到的,我到这来本来已就不知被关过几多回数了。小四的方法,简直是绑票。

"小四,你四叔要有事,莫又绑四叔的票吧。"小四的妈看不过意为我解围说话了。

仍然要说一个。妈有许多事,是除了屈服于孩子的坚决主张外没有办法的。看小四脸色不高兴,娘就接着说:

"好,那四叔就随便说一个故事吧。"

"随便可不成,不好是要第二个的。"

这故事只好开始了。

"小四,我听到过狼的叫声咧。像大人掩着鼻子时的哭声样。形象呢,比南方的狗大,比北方的狗小。两只耳朵竖起。镶在一副又瘦又多毛的脸嘴上,是两粒吓人的又亮又大的眼睛。那东西,聪明得像车夫杜福,顽皮得像——"

"四叔是在骂我,我不依你!"

我脸上,就被一个小手掌轻轻的批了一下。

故事算是结束了。

故事还得另外起个头,要走是不能。

二嫂看到我的为难处,对我笑。

"娘,你应当促四叔赶快讲!"

"小四,让你四叔一次吧。"

这孩子,真是值得七祖公公来夸奖,说是"将来还有出息"的,凡事固执自己的主张,要求件事情总非做不可。

"小四,明天我来说两个又加送你一个小拿破仑像成不成?"

"我不要你的东西。"

"那故事也就不要了!"

"故事要一个。"

为恐我逃去,这孩子,就更其聪明的卧在我怀里,用手揽着我的颈子不放松。

宋妈站在房门口，是遵小四的命令。吴妈在那桶子边挽起袖子笑，得意到少爷又窘着了一个人。张妈从外面进来，也为小四喊着不准走，斜斜的蹲在一个猫儿身边逗猫儿。

"你们谁帮我个忙，说一个狼的故事给四少爷听听吧。"

吴妈还是笑。张妈说四少爷最恨她说故事，总离不了状元。

"状元不好么，小四？"我说。

"不，我不要她说。"

"宋妈乡下人，试说一个吧。"

"我只有一个杀野猪的故事。"宋妈说。

这使小四出于意外的一惊。野猪不是比狼更其动人么？小四知道野猪力量更其大，且猪八戒不就正是一个野猪么？"如此说来顶好。"正用得着这样一句话。

于是宋妈说这故事给大家听。（下面的话是她的，我记下，因这一记把宋妈神气却失了。）

打野猪的分出好几种。只有用矛子的那类人打猎时顶动人。

野猪本事是怎么，你们知道得清楚么？这是应当知道的。

野猪身上全是一些筋和肉，没有油。肉适宜于腌、熏。腌好的肉，熏好的肉，拿来和辣子炒了吃，不论是切片切丝都下饭。这不是打野猪故事的正文，但我要说明白，我们才知道为什么大家都爱打野猪。

有一年，这有多久了？我不太记得清白了。我只能记到我是住在贵州花桥小寨上，辫子还是蜻蜓儿，我打过野猪。我同到天叔叔两人，随到大队猎人去土坎子赶野猪。土坎子，这地方大概是野猪的窝，横顺不到三里宽，一些小坡坡，一些小潴塘，一些矮树木，这个地方我就不知究竟藏得野猪有多少。每次去打你总得，不落空。

大家吃了晚饭去，又带了一些烧好的大红薯。一帮人马总有二十多个人。又带了四匹狗。土坟子离我们寨里是五里，其实不过只三里。到后就分开，各人走各人的路。我是同到我夭叔随到大个子身体的四伯走到冈上去。上到土冈上，于是就在先前打好的棚子住下来。时间是八月，天气还很热，三个人还只一床被，用麦杆子做垫褥。我，同我夭叔叔，因为吃饭多了点，一到不久就睡去，四伯同他的狗抽身就到外面去合围去了。

不知道是睡了好多久。

我醒了，摇夭叔叔，他也醒了。把高粱杆的门打开，看天上全是星子。一个月亮还才从远山坡后升起来。虫声像落雨一样，这里那里全是。棚子附近就不知道有多少草蚱蜢，咋咋咋咋不得了。油蚰蚰是居然不客气进到我们垫褥上来了。月亮光照到我们的脸，我想起四伯。老远又听到一些人打哨子的声音。

"夭叔叔，我们出去看看吧。"

我们于是站在月光下头了。影子拖在地上是好长。一些亮火虫绕着我们的身子打转身。

"妹，有人在打哨子咧。"

我们听那哨子，忽远忽近。冈下头，有两个地方都烧有一堆火，这大约是我们伴当吧。四伯是必定到那一堆火前找酒喝去了，夭叔叔就轻轻打哨子，招我们的狗。

不听到狗声，只有小小的风，吹冈下树叶子作响。

默了好一会。

夭叔叔进到棚里去，找烧薯，到处都不见，才知道忘记放在别人箩筐里去了。有一点饿，是真的。四伯又不来。还不知这时候是什么时候，离天亮有多久，尽呆着也不是事。这一来原就是为看看他们打野猪，万一他们这时正在打，我们在此呆着干吗？

夭叔叔就主张我们跑到那冈下去看看，若四伯不在，也可以到那里一会儿，讨几个红薯又返身。

冈下到烧火处不过一里路远近。我是主张喊，夭叔叔又恐怕这时他们正在合围了，惊走了他们的猪，挨四伯的骂。

"我们下去就即刻转来，不要紧的。"

野猪听说凶，我知道。但夭叔叔同我的意思都以为下冈不到一里路，是无妨。且这时大概还不到合围，四伯原是答应我们在打时可以看看的。这时既还不曾打，野猪不带伤，又不必怕它。因此下冈便即决定了。

棚子内还剩得有标枪，这标枪刃子比我手掌还要宽，极其锋快的，夭叔叔学到一个打猎人样子，自己拣了一根短点的，为我拣了一根小刃的，各人都把来扛到肩膊上，离开了棚子，取小路下冈。

鬼，我们是不知道人应怕它的。虎豹这地方不曾有。豺狼则间或有人见到过，据说也不敢咬小孩子。我们又听说野猪在带创以前从不会伤人。就一无所惧的向烧火处走去。

我在夭叔叔身后走，为的是他可以为我逐去那讨人嫌的无毒蛇。

小风凉凉的吹到人身上很受用。月亮已升起照到头上了，星子少了点。

到了火堆边不见一个人。那里也有个棚子。棚子里只有一大筐子梭子薯，生的熟的混在一块儿，还有三个葫芦水。夭叔叔又吹哨子不见别处有接应。我们知道必是他们禁止野猪从这路过身，所以在此烧着一堆火，人却走到别处去。

围大概是已经在合了。

"不转去又恐怕四伯回头找我们，转去又恐怕撞到带伤的野猪。"我是主张提高嗓子喊四伯几声看看的。

"做不得，四哥以你被豹子咬才会喊的。万一你一喊吓走了野猪，别人又会说四哥不该带我们来了。"

夭叔叔想出一法子，是我留在此地，让他一个人转棚子。这难道算得好计策？要我一个人在此我可不能够，我愿意冒一点险耽着心跑转去。有两个人都扛着根矛子，我倒胆子壮一点！

回去是我打先，我把当路的花蛇同骤然从身后窜来的野猪娘打跑，对付前面倒容易多多了。

在棚子内一面喝水吃红薯，把我们从冈下取来的吃得两人肚子到发胀方才止。吃薯剥皮本来只是城里人的事，不过因为贪多取来的薯三个我还吃不完，两人便只拣那好的中心吃，薯的皮和到薯的边，夭叔叔为把丢到棚外去。

若是我们初醒还只二更天，等到我们把薯吃了时，大约也是快到三更尽了。四伯不来真有点怄人。特意带我们来又骗了我们自顾去打围，我们真不如就到家睡一觉，明天早上左右跑到保董院子里去就可以见到那死猪！或者，这时四伯他们正在那茶树林子岔路旁站着，等候那野猪一来，就飞起那有手掌宽的刃的短矛子刺进野猪肋巴间，野猪不扬不睬的飞样跑过去，第二个岔口上别一个人就又是一矛子……说不定野猪已是睡倒在那茶林里，四伯等正放狗四处找寻吧。

远远的是听到有狗在叫，不过又像是在本寨上的狗。

禾叔叔是显然吃多了红薯，眼睛闭起，又在睡了。

我也只有闭起眼，听棚外的草蚱蜢振翅膀。

像在模糊要醒不要醒的当儿，我听到一样响声，这响声反反复复在耳朵里作怪，我就醒了。我身子竖起来。

为这奇怪声气闹醒后，我就细细的去听。又不像长腿蚱蜢，又不像蛐蛐。是四伯转来了么？不是的。倒有点像我们那只狗。可是狗出气不会这样浊。是——？

我一想起，我心就跳了。这是一匹小野猪！我绝不会错，这真是一匹小野猪！它还在喧喧嗡嗡的叫！不止一，大约是三位，或者四位，就在我的棚子外边嚼那红薯皮。又忽然发小颠互相哄闹。

我不知我这时应当怎么办。一喊，准定就逃走。看看禾叔叔是还不曾醒，想摇他，又怕他才醒，嚷一声，就糟糕了。我出气也弄得很小很小的。我还是下蛮忍到不出声。不过这样坚持下去也不会有好花样出来，可是想不出好方法，我就大胆小心将我们的门略推。

声音是真小。但这些小东小西特别的灵巧，就已得了信，拖起尾巴飞跑下冈子去了。

我真悔得要死。我想把我自己嘴唇重重打几下，为的是我恨我自己放气沉了点。其实有罪只是手的罪，不去推棚门，纵想不出妙法子，总可再听一会儿咀嚼。

哈，我的天！不要抱怨，也不要说手坏，这家伙，舍不得薯皮，又来了。

先是一匹，轻脚轻手的走到棚边嗅了一会儿，像是知道这里是有生人气，又跑去，但马上一群就来了。不久就恢复了刚才那热闹。

我从各处的小蹄子脚步声，断定这小东西是四位。虽然明明白白棚里是有好几把矛子，因为记得四伯说小野猪走路快得很，几多狗还追不上，待我扯开门去用矛子刺它，不是早跑掉了么？我又不敢追。那些小东小西大概总还料不到棚内是有人正在打它们的主意的，还是走来走去绕到棚子打圈子。

我就耽心这些胆子很大的小猪会有一位不知足的要钻进棚来同我算账的。替它们想，是把棚外薯皮吃完转到它妈处是合算的事，多留一刻就多有危险。

哈，我的天！一个淡红的小嘴唇居然大大方方的从隙处进来了，总是鼻子太能干，嗅到棚内的红薯，那生客出我意料以外的用力一下还冲进一个小小脑袋来。没有思索的空处，我就做了一件事。我不知道是我的聪明还是傻，两手一下就箍到它颈项。同时我大声一喊。这小东西猛的用力向后一缩退，我手就连同退出了棚外。几几乎是快要逃脱了。天呀，真急人！夭叔叔醒了，那一群小猪窜下冈去了，我跪着在棚内，两只手用死力往内拉，一只手略松，不过是命里这猪应在我手里，我因它一缩我倒把到一只小腿膊，即时这只腿膊且为我拉进棚内了。

"哎哟，夭叔叔，快出外去用矛子刺它，我捉着了！"

他像还在做梦的样子，一出去就捉到那小猪两后腿，提起来用大力把猪腿两边分。

"这样子是要逃掉的，让我来刺它！"

猪的叫声同我的喊声一样尖锐的应山[1]，各处都会听见的。

不消说，我们是打了胜仗，这猪再不能够叫喊了。一矛两矛的刺

---

[1] 应山　声音在山间回响。

夺，血在夭叔叔手上沿着流，他把它丢到地上去，像一个打破了的球动都不动。

大家听到这故事，中间一个人都不敢插啄。直到野猪打死丢到地上后，小四才大大的放了一口气。

宋妈的嘴角全是白沫子。手也捏得紧紧的。像还扯到那野猪腿子一个样。这老太是从这故事上又年青三四十岁了。

"以后，你猜他们怎么？"宋妈还反问一句。

大家全不做声。

"以后四伯转身时，他说是听到有小猪同人的喊叫，待看到我们的小猪，笑得口都合不拢。事情更有趣的是单单那一天他们一匹野猪打不得，真值得夭叔叔以后到处去夸张！"

小四是听得满意到十分，只是抱着我的颈子摇。

二嫂见宋妈那搂手忘形的样子，笑着说：

"宋妈，看不出你那双手还捉过野猪，我还以为你只有洗衣是拿手。"

"嘻，太太，到北方来，我这手洗衣也不成，倒只有捏饺子了。"

大家都笑个不止。

小四家的樱花开时，我已不敢去，只怕宋妈再无好故事，轮到我头上，就难了。

四月在北京窄而霉斋

辑二

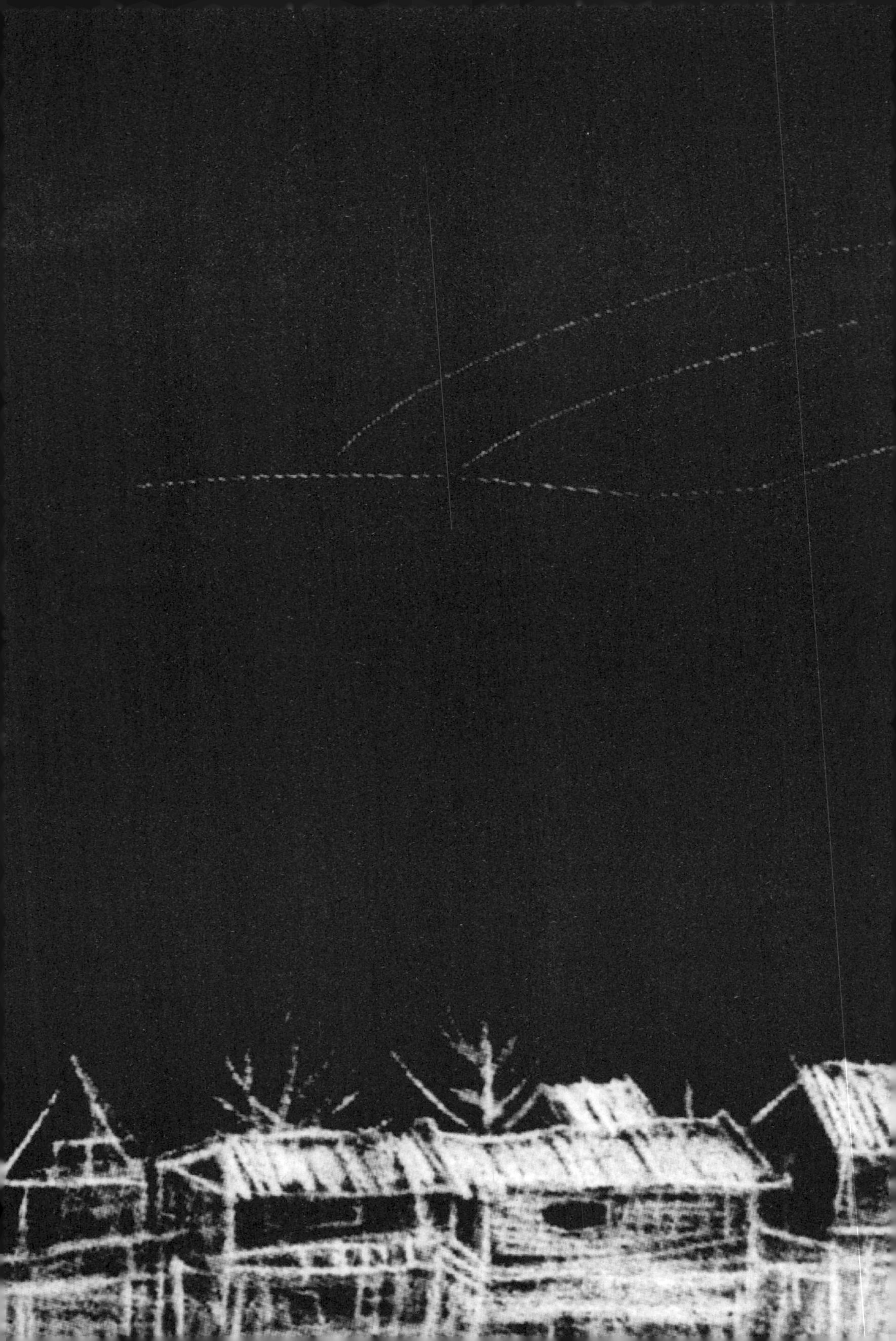

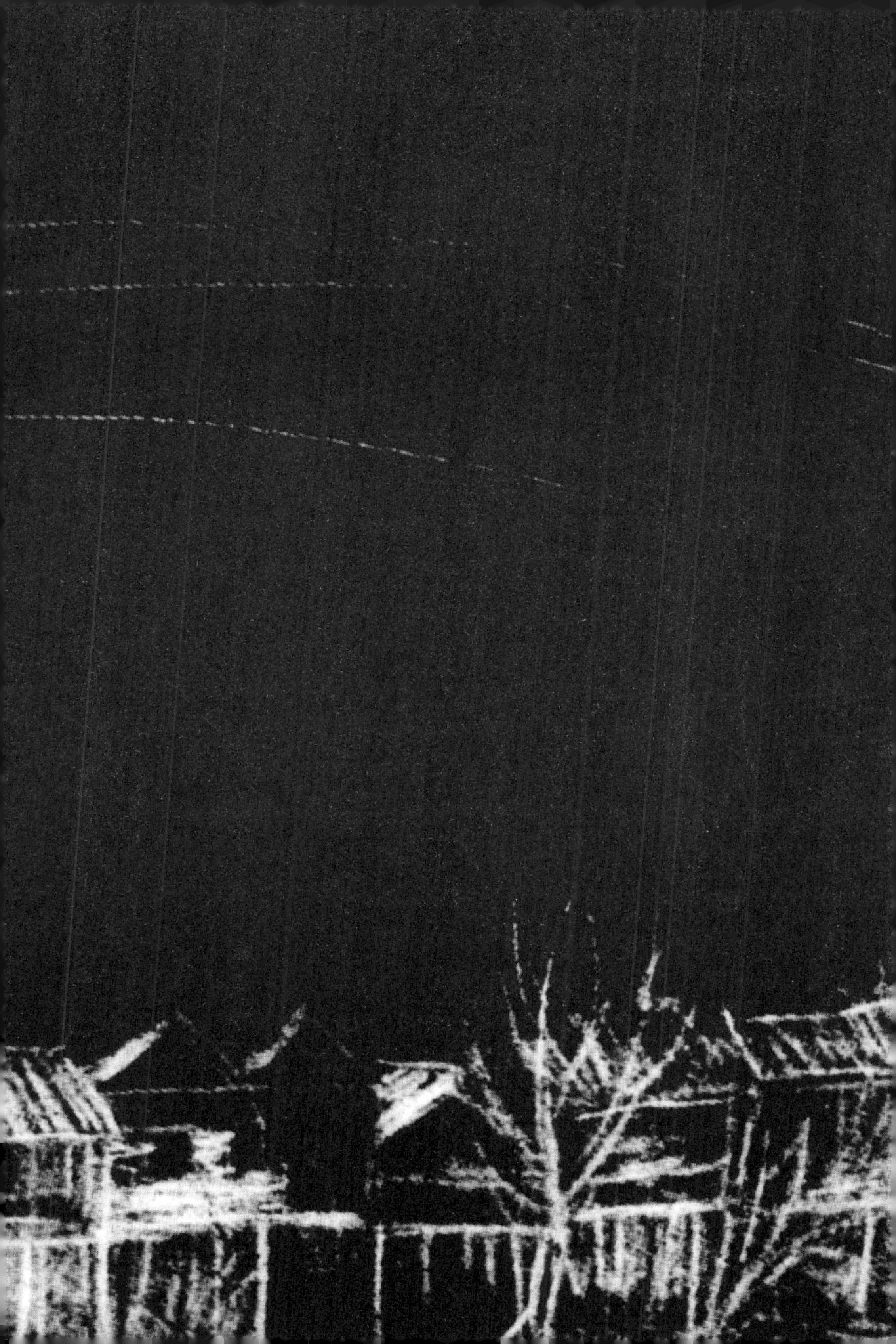

萧萧

本篇发表于1930年1月10日《小说月报》第21卷第1号;1936年7月1日《文季月刊》第1卷第2期,7月号。署名均为沈从文。

乡下人吹唢呐接媳妇，到了十二月是成天有的事情。

唢呐后面一顶花轿，四个伕子平平稳稳的抬着，轿中人被铜锁锁在里面，虽穿了平时不上过身的体面红绿衣裳，也仍然是荷荷大哭。在这些小女人心中，做新娘子，从母亲身边离开，且准备作他人的母亲，从此将有许多事情等待发生。像做梦一样，将同一个陌生男子汉在一个床上睡觉，做着承宗接祖的事情，当然十分害怕，所以照例觉得要哭，就哭了。

也有做媳妇不哭的人。萧萧作媳妇就不哭。这女人没有母亲，从小寄养到伯父种田的庄子上，出嫁只是从这家转到那家。因此到那一天这女人还只是笑。她又不害羞，又不怕，她是什么事也不知道，就作了人家的媳妇了。

萧萧作媳妇时年纪十二岁，有一个小丈夫，年纪三岁。丈夫比她年少九岁，还在吃奶。地方规矩如此，过了门，她喊他做弟弟。她每天应作的事是抱弟弟到村前柳树下去玩，饿了，喂东西吃，哭了，就哄他，摘南瓜花或狗尾草戴到小丈夫头上，或者亲嘴，一面说，"弟弟，哪，啤。再来，啤。"在那满是肮脏的小脸上亲了又亲，孩子于是便笑了。孩子一欢喜，会用短短的小手乱抓萧萧的头发。那是平时不大能收拾蓬蓬松松到头上的黄发。有时垂到脑后一条有红绒绳作结的小辫儿被拉，生气了，就揍那弟弟，弟弟自然噎的哭出声来，萧萧便也装成要哭的样子，用手指着弟弟的哭脸，说，"哪，不讲理，这可不行！"

天晴落雨日子混下去，每日抱抱丈夫，也时常到溪沟里去洗衣，搓尿片，一面还捡拾有花纹的田螺给坐到身边的丈夫玩。到了夜里睡觉，便常常做世界上人所做过的梦，梦到后门角落或别的什么地方捡得大把大把铜钱，吃好东西，爬树，自己变成鱼到水中溜扒，或一时仿佛很小很轻，身子飞到天上众星中，没有一个人，只是一片白，一片金光，于是大喊"妈！"人醒了。醒来心还只是跳。吵了隔壁的人，就骂着："疯子，你想什么！"却不作声只是咕咕笑着。也有很好很爽快的梦，为丈夫哭醒的事。那丈夫本来晚上在自己母亲身边睡，吃奶方便，但是吃多了奶，或因另外情形，半夜大哭，起来放水拉稀是常有的事。丈夫哭到婆婆不能处置，于是萧萧轻脚轻手爬起来，眼屎蒙眬，走到床边，把人抱起，给他看灯光，看星光。或者仍然哼哼的亲嘴，互相觑着，孩子气的"嗨嗨，看猫呵。"那样喊着哄着。于是丈夫笑了。慢慢的阖上眼。人睡了，放上床，站在床边看着，听远处一传一递的鸡叫，知道天快到什么时候了。于是仍然蜷到小床上睡去。天亮了，虽不做梦，却可以无意中闭眼开眼，看一阵空中黄金颜色变幻无端的葵花。

萧萧嫁过了门，做了拳头大丈夫的媳妇，一切并不比先前受苦，这只看她半年来身体发育就可明白。风里雨里过日子，像一株长在园角落不为人注意的蓖麻，大叶大枝，日增茂盛。这小女人简直是全不为丈夫设想那么似的长大起来了。

夏夜光景说来如做梦。坐到院心,挥摇蒲扇,看天上的星同屋角的萤,听南瓜棚上纺织娘子咯咯咯拖长声音纺车,禾花风翛翛吹到脸上,正是让人在自己方便中说笑话的时候。

萧萧好高,一个人常常爬到草料堆上去,抱了已经熟睡的丈夫在怀里,轻轻的轻轻的随意唱着那使自己也快要睡去的歌。

在院中,公公婆婆,祖父祖母,另外还有帮工汉子两个,散乱的坐,小板凳无一作空。

祖父身边有烟包,在黑暗中放光。这用艾蒿作成的长火绳,是驱逐长脚蚊的东西,蜷承祖父脚边,就如一条黑色长蛇。

想起白天场上的事,那祖父开口说话:

"听三金说前天有女学生过身。"

大家就哄然笑了。

这笑的意义何在?只因为大家都知道女学生没有辫子,像个尼姑,穿的衣服又像洋人,吃的、用的,……总而言之一想起来就觉得怪可笑!

萧萧不大明白,她不笑。所以祖父又说话了。他说:

"萧萧,你将来也会做女学生!"

大家于是更哄然大笑起来。

萧萧为人并不愚蠢,觉得这一定是不利于己的一件事情了,所以接口便说:

"我不做女学生!"

"不做可不行。"

"我不做。"

众口一声的说："非做女学生不行！"

女学生这东西，在本乡的确永远是奇闻。每年热天，据说放"水"假日子一到，便有三三五五女学生，由一个荒谬不经的热闹地方来，到另一个远地方去，取道从本地过身，从乡下人眼中看来，这些人皆近于另一世界中活下的人，装扮如怪如神，行为也不可思议。这种人过身时，使一村人皆可以说一整天的笑话。

祖父是当地人物，因为想起所知道的女学生在大城中的生活情形，所以说笑话要萧萧也去做女学生。一面听到这话就感觉一种打哈哈趣味，一面还有那被说的萧萧感觉一种惶恐，说这话的不为无意义了。

女学生由祖父方面所知道的是这样一种人：她们穿衣服不管天气冷暖，吃东西不问饥饱，晚上交到子时才睡觉，白天正经事全不作，只知唱歌打球，读洋书。她们一年用的钱可以买十六只水牛。她们在省里京里想往什么地方去时，不必走路，只要钻进一个大匣子中，那匣子就可以带她到地。她们在学校，男女一处上课，人熟了，就随意同那男子睡觉，也不要媒人，也不要财礼，名叫"自由"。她们也做官；做县官，带家眷上任，男子仍然喊作老爷，小孩子叫少爷。她们自己不养牛，却吃牛奶羊奶，如小牛小羊，买那奶时是用铁罐子盛的。她们无事时到一个唱戏地方去，那地方完全像个大庙，从衣袋中取出一块洋钱来（那洋钱在乡下可买五只母鸡），买了一小方纸片儿，拿了那纸片到里面去，就可以坐下看洋人扮演影子戏。她们被冤了，不赌咒，不哭。她们年纪有老到二十四岁还不肯嫁人的，有老到三十四五还好意思嫁人的。她们不怕男子，男子不能使她们受委屈，一受委屈就上衙门打官司，要官罚男子的款，这笔钱她可以同官平分。

她们不洗衣煮饭，有了小孩子也只化五块钱或十块钱一月，雇人专管小孩，自己仍然整天看戏打牌。……

总而言之，说来都希奇古怪，岂有此理。这时经祖父一为说明，听过这话的萧萧，心中却忽然有了一种模模糊糊的愿望，以为倘若她也是个女学生，她是不是照祖父说的女学生一个样子去做那些事？不管好歹，做女学生极有趣味，因此一来却已为这乡下姑娘体念到了。

因为听祖父说起女学生是怎样的人物，到后萧萧独自笑得特别久。笑够了时，她说：

"祖爹，明天有女学生过路，你喊我，我要看。"

"你看，她们捉你去做丫头。"

"我不怕她们。"

"她们读洋书你不怕？"

"我不怕。"

"她们咬人你不怕？"

"也不怕。"

可是这时节萧萧手上所抱的丈夫，不知为什么，在睡梦中哭了，媳妇用作母亲的声势，半哄半吓说：

"弟弟，弟弟，不许哭，不许哭，女学生咬人来了。"

丈夫还仍然哭着，得抱起各处走走。萧萧抱着丈夫离开了祖父，祖父同人说另外一样话去了。

萧萧从此以后心中有个"女学生"。做梦也便常常梦到女学生，且梦到同这些人并排走路。仿佛也坐过那种自己会走路的匣子，她又觉得这匣子并不比自己跑路更快。在梦中那匣子的形体同谷仓差不多，里面有小小灰色老鼠，眼珠子红红的。

因为有这样一段经过，祖父从此喊萧萧不喊"小丫头"，不喊"萧萧"，却唤作"女学生"。在不经意中萧萧答应得很好。

乡下里日子也如世界上一般日子，时时不同。世界上人把日子糟蹋，和萧萧一类人家把日子吝惜是这样的，各人皆有所得，各人皆为命定。城市中文明人，把一个夏天全消磨到软绸衣服精美饮料以及种种好事情上面。萧萧的一家，因为一个夏天，却得了十多斤细麻，二三十担瓜。

做小媳妇的萧萧，一个夏天中，一面照料丈夫，一面还绩了细麻四斤。这时工人摘瓜，在瓜间玩，看硕大如盆上面满是灰粉的大南瓜，成排成堆摆到地上，很有趣味。时间到摘瓜，秋天已来了，院中各处有从屋后林子里树上吹来的大红大黄木叶。萧萧在瓜旁站定，手拿木叶一束，为丈夫编小笠帽玩。

工人中有个名叫花狗，抱了萧萧的丈夫到枣树下去打枣子。小小竹竿打在枣树上，落枣满地。

"花狗大，莫打了，太多了吃不完。"

虽这样喊，还不动身。到后，仿佛完全因为丈夫要枣子，花狗才不听话。萧萧于是又喊他那小丈夫：

"弟弟，弟弟，来，不许捡了。吃多了生东西肚子痛！"

丈夫听话，兜了一堆枣子向萧萧身边走来，请萧萧吃枣子。

"姊姊吃，这是大的。"

"我不吃。"

"要吃一颗！"

她两手那里有空！木叶帽正在制边。工夫要紧，还正要个人帮忙！

"弟弟,把枣子喂我口里。"

丈夫照她的命令作事,作完了觉得有趣,哈哈大笑。

她要他放下枣子帮忙捏紧帽边,便于添加新木叶。

丈夫照她吩咐作事,但老是顽皮的摇动,口中唱歌。这孩子原来像一只猫,欢喜时就得捣乱。

"弟弟,你唱的是什么。"

"我唱花狗大告我的山歌。"

"好好的唱给我听。"

丈夫于是就唱下去,照所记到的歌唱:

　　天上起云云起花,
　　包谷林里种豆荚,
　　豆荚缠坏包谷树,
　　娇妹缠坏后生家。

　　天上起云云重云,
　　地下埋坟坟重坟,
　　娇妹洗碗碗重碗,
　　娇妹床上人重人。

丈夫唱歌中意义全不明白,唱完了就问好不好。萧萧说好,并且问从谁学来的。她知道是花狗教他的,却故意盘问他。

"花狗大告我,他说还有好歌,长大了再教我唱。"

听说花狗会唱歌,萧萧说:

"花狗大,花狗大,您唱一个歌我听听。"

那花狗,面如其心,生长得不很正气,知道萧萧要听歌,人也快到听歌的年龄了,就给她唱"十岁娘子一岁夫"。那故事说的是妻年大,可以随便到外面作一点不规矩事情,夫年小,只知道吃奶,让他吃奶。这歌丈夫完全不懂,懂到一点儿的是萧萧,把歌听过后,萧萧装成"我全明白"那种神气,她用生气的样子,对花狗说:

"花狗大,这个不行,这是骂人的歌!"

花狗分辩说:"不是骂人的歌。"

"我明白,是骂人的歌。"

花狗难得说多话,歌已经唱过了,错了赔礼,只有不再唱。他看她已经有点懂事了,怕她回头告祖父,就把话支开,扯到"女学生"。他问萧萧,看不看过女学生习体操唱洋歌的事情。

若不是花狗提起,萧萧几乎已忘却了这事情。这时又提到女学生,她问花狗近来有不有女学生过路。

花狗一面把南瓜从棚架边抱到墙角去,告她女学生唱歌的事,这些事的来源就是萧萧的那个祖父,他在萧萧面前说了点大话,说他曾经到官路上见到四个女学生,她们都拿得有旗帜,走长路流汗喘气之中仍然唱歌,同军人所唱的一模一样。不消说,这完全是笑话。可是那故事把萧萧可乐坏了。

花狗是会说会笑的一个人。听萧萧带着歆羡口气说:"花狗大,您膀子真大。"他就说:"我不止膀子大。"

"你身个子也大。"

"我全身无处不大。"

到萧萧抱了她的丈夫走去以后,同花狗在一起摘瓜,取名字叫哑叭的，开了平时不常开的口。他说：

"花狗，你少坏点。人家是黄花女，还要等十二年才圆房！"

花狗不做声，打了那伙计一掌，走到枣树下捡落地枣去了。

到摘瓜的秋天，日子计算起来，萧萧过丈夫家有一年了。

几次降霜落雪，几次清明谷雨，都说萧萧是大人了。天保佑，喝冷水，吃粗粝饭，四季无疾病，倒发育得这样快。婆婆虽生来像一把剪，把凡是给萧萧暴长的机会都剪去了，但乡下的日头同空气都帮助人长大，却不是折磨可以阻拦得住。

萧萧十四岁时高如成人，心却还是一颗糊糊涂涂的心。

人大了一点，家中做的事也多了一点。绩麻纺车洗衣照料丈夫以外，打猪草推磨一些事情也要作。还有浆纱织布：两三年来所聚集的粗细麻和纺就的纱，已够萧萧坐到土机上抛三个月的梭子了。

丈夫已断了奶。婆婆有了新儿子，这五岁儿子就像归萧萧独有了。不论做什么，走到什么地方去，丈夫总跟到身边。丈夫有些方面很怕她，当她如母亲，不敢多事。他们俩"感情不坏"。

地方稍稍进步，祖父的笑话转到"萧萧你也把辫子剪去"那一类事上去了。听着这话的萧萧，某个夏天也看过一次女学生了，虽不把祖父笑话认真，可是每一次在祖父说过这笑话以后，她到水边去，必用手捏着辫子末梢，设想没有辫子的人那种神气，那点趣味。

因为打猪草，带丈夫上螺蛳山的山阴是常有的事。

小孩子不知事，听别人唱歌也唱歌。一唱歌，就把花狗引来了。

花狗对萧萧生了另外一种心，萧萧有点明白了，常常觉得惶恐。但花狗是男子，凡是男子的美德恶德皆不缺少，所以一面使萧萧的丈夫非常欢喜同他玩,一面一有机会即缠在萧萧身边,且总是想方设法把萧萧那点惶恐减去。

山大人小,平时不知道萧萧所在,花狗就站在高处唱歌逗萧萧身边的丈夫,丈夫小口一开,花狗穿山越岭就来到萧萧面前了。

见了花狗,小孩子只有欢喜,不知其他。他原要花狗为他编草虫玩,做竹箫哨子玩,花狗想方法支使他到一个远处去,便坐到萧萧身边来,要萧萧听他唱那使人红脸的歌。她有时觉得害怕,不许丈夫走开;有时又像有了花狗在身边,打发丈夫走去也好一点。终于有一天,萧萧就给花狗变成了妇人了。

那时节,丈夫走到山下采刺莓去了,花狗唱了许多歌,到后却向萧萧说,我想了你二三年。他又说,我为你睡不着觉。他又说,我赌咒不把这事情告给人。听了这些话仍然不懂什么的萧萧,眼睛只注意到他那一对膀子,耳朵只注意到他最后一句话。末了花狗大便又唱歌给她听,她心里乱了。她要他当真对天赌咒,赌了咒,一切好像有了保障,她就一切尽他了。到丈夫返身时,手被毛毛虫蜇伤,肿了一片,走到萧萧身边,萧萧捏紧这一只小手,且用口去呵它,吮它,想起刚才的糊涂,才仿佛明白作了一点糊涂事。

花狗诱她做坏事情是麦黄四月,到六月,李子熟了,她欢喜吃生李子。她觉得身体有点特别,碰到花狗,就将这事情告给他,问他怎么办。

讨论了多久,花狗全无主意。虽以前自己当天赌得有咒,也仍然无主意。这家伙个子大,胆量小,个子大容易做错事,胆量小做了错事就想不出办法。

到后,萧萧捏着自己那条辫子,想起城里了。她说:

"花狗，我们到城里去过日子，不好么？"

"那怎么行？到城里去做什么？"

"我肚子大了。"

"我们找药去。"

"我想……"

"你想逃？"

"我想逃吗？我想死！"

"我赌咒不辜负你。"

"负不负我有什么用，帮我个忙，拿去肚子里这块肉吧。我害怕！"

花狗不再做声，过了一会，便走开了。不久丈夫从他处回来，见萧萧一个人坐在草地上哭，眼睛红红的，丈夫心中纳罕。看了一会，问萧萧：

"姊姊，为什么哭？"

"不为什么，灰尘落到眼睛里，痛。"

"你瞧我，得这些这些。"

他把从溪中捡来的小蚌小石头陈列萧萧面前，萧萧用泪眼看了一会，笑着说："弟弟，我们要好，我哭你莫告家中。"到后这事情家中当真就无人知道。

第二天，花狗不辞而行，把自己所有的衣裤都拿去了。祖父问同住的哑叭知不知道他为什么走路，走那儿去。哑叭只是摇头，说，花狗还欠了他两百钱，临走时话都不留一句，为人少良心。哑叭说他自己的话，并没有把花狗走的理由说明，因此这一家希奇一整天，谈论一整天。不过这工人既不偷走物件，又不拐带别的，这事过后不久自然也就把他忘了。

萧萧仍然是往日的萧萧。她能够忘记花狗，就好了。但是肚子真有些不同了，肚子东西使她常常一个人干发急，尽做怪梦。

她脾气似乎坏了一点，这坏处只有丈夫知道，因为她对丈夫似乎严厉苛刻了好些。

仍然每天同丈夫在一处，她的心，想到的事自己也不十分明白。她常想，我现在死了，什么都好了。可是为什么要死？她还很高兴活下去，愿意活下去。

家中人不拘谁在无意中提起关于丈夫弟弟的话，提起小孩子，提起花狗，都像使这话如拳头，在萧萧胸口上重重一击。

到八月，她担心人知道更多了，引丈夫庙里去玩，就私自许愿，吃了一大把香灰。吃香灰时被她丈夫见到了，丈夫说这是做什么事，萧萧就说这是肚痛，应当吃这个。萧萧自然说谎。虽说求菩萨保佑，菩萨当然没有如她的希望，肚子中长大的东西仍在慢慢的长大。

她又常常往溪里去喝冷水，给丈夫见到了，丈夫问她她就说口渴。

一切她所想到的方法都没有能够使她与自己不欢喜的东西分开。大肚子只有丈夫一人知道，他却不敢告这件事给父母晓得。因为时间长久，年龄不同，丈夫有些时候对于萧萧的怕同爱，比对于父母还深切。

她还记得那花狗赌咒那一天里的事情，如同记着其他事情一样。到秋天，屋前屋后毛毛虫更多了，丈夫像故意折磨她一样，常常提起几个月前被毛毛虫所螫的话，使萧萧难过。她因此极恨毛毛虫，见了那小虫就想用脚去踹。

有一天，又听人说有好些女学生过路，听过这话的萧萧，睁了眼做过一阵梦，愣愣的对日头出处痴了半天。

萧萧步花狗后尘，也想逃走，收拾一点东西预备跟了女学生走的那条路上城。但没有动身，就被家里人发觉了。

家中追究这逃走的根源，才明白这个十年后预备给小丈夫生儿子继香火的萧萧肚子，已被另外一个人抢先下了种。这真是了不得的大事。一家人的平静生活为这一件事全弄乱了。生气的生气，流泪的流泪。悬梁，投水，吃毒药，诸事萧萧全想到了，年纪太小，舍不得死，却不曾做。于是祖父想出了个聪明主意，把萧萧关在房里，派两人好好看守着，请萧萧本族的人来说话，看是沉潭还是发卖？萧萧家中人要面子，就沉潭淹死，舍不得死就发卖。萧萧既只有一个伯父，在近处庄子里为人种田，去请他时先还以为是吃酒，到了才知道是这样丢脸事情，弄得这家长手足无措。

大肚子作证，什么也没有可说。伯父不忍把萧萧沉潭，萧萧当然应当嫁人作二路亲了。

这处罚好像也极其自然，照习惯受损失的是丈夫家里，然而却可以在改嫁上收回一笔钱，当作赔偿损失的数目。那伯父把这事告给了萧萧，就要走路。萧萧拉着伯父衣角不放，只是幽幽的哭，伯父摇了一会头，一句话不说，仍然走了。

没有相当的人家来要萧萧，就仍然在丈夫家中住下。这件事情既经说明白，倒又像不什么要紧，大家反而释然了。先是小丈夫不能再同萧萧在一处，到后又仍然如月前情形，姊弟一般有说有笑的过日子了。

丈夫知道了萧萧肚子中有儿子的事情，又知道因为这样萧萧才应当嫁到远处去。但是丈夫并不愿意萧萧去，萧萧自己也不愿意去，大家全莫名其妙，像逼到要这样做，不得不做。

在等候主顾来看人，等到十二月，还没有人来。

萧萧次年二月间，坐草生了一个儿子，团头大眼，声响宏壮，大家把母子二人照料得好好的，照规矩吃蒸鸡同江米酒补血，烧纸谢神。一家人都欢喜那儿子。

生下的既是儿子，萧萧不嫁别处了。

到萧萧正式同丈夫拜堂圆房时，儿子年纪十岁，已经能看牛割草，成为家中生产者一员了。平时喊萧萧丈夫做大叔，大叔也答应，从不生气。

这儿子名叫牛儿。牛儿十二岁时也接了亲，媳妇年长六岁。媳妇年纪大，方能诸事作帮手，对家中有帮助。唢呐吹到门前时，新娘在轿中呜呜的哭着，忙坏了那个祖父，曾祖父。

这一天，萧萧抱了自己新生的月毛毛，却在屋前榆蜡树篱笆看热闹，同十年前抱丈夫一个样子。

王嫂

本篇 1940 年 5 月 29 日发表于香港《大公报·文艺》第 848 期。署名沈从文。1942 年修改后发表于《文聚》月刊第 1 卷第 2 期。1946 年 10 月 13 日及 10 月 21 日分别发表于天津、上海《益世报》。修改后几次发表均署名沈从文。现据上海《益世报·益世副刊文艺版》编入。

厨房中忽然热闹起来，问一问，才知道帮工王嫂的女儿来了。年纪十八岁，眼睛明亮亮的。梳一饼大的发髻。脸圆圆的，嘴唇缩小如一个烟荷包。头上搭了一片月蓝布，白腰围裙上绣了一朵大红花，还钉上一些小小红绿镜片。说话时脸就发红，十分羞涩，在生人面前总显得不知如何是好神气。问问王嫂，才知道女儿还刚出嫁五个月，丈夫在乡下做田，住在离昆明府四十里乡下。穿的衣还是新娘子衣服。主人说："王嫂，你大姑娘到这里来是客，炒几个鸡蛋，留她吃饭去！"王嫂就望着那女儿痴笑："太太说留你吃饭，不要走，可好！"女儿也笑着。一家大小知道王嫂有个好女儿，都来看看，都交口称赞王嫂福气好。

　　王嫂只是笑，做事更热心了一些。王嫂不特有个好女儿，还有个好儿子！儿子十二岁，已到城西区茶叶局服务当差，净挣十五块钱一个月。局里管教严，孩子长得也还干净清秀，穿上一件灰色制服，走路脱脱脱，见过的人都说他有福气，相并不贱，一定有点出息。王嫂怕他不学好，所以一来就骂，装成生气样子，要孩子赶快回去，孩子虽是唯一宝贝，可并不瞎爱成性，行为还守规矩，并且不胡乱花钱。

王嫂因事离开了这家中约五个月，大约在别处主仆之间感情不大好，到后又回转这里来了。在这一家中的工作是洗衣烧饭，间或同卖鸡蛋清毛房的乡下人嚷嚷，一切动机行为无不出于护主。为人性情忠诚而快乐，还知清洁，又惜物不浪费，所以在一家中极得力，受一家重视。这点重视为王嫂感觉到时，引起她的自尊心，凡事便更做得有条理。

　　有一天，因为另外一个乡下妇人来了，带了些豆子来看王嫂，一面说一面抽抽咽咽。来人去后，问起一年前那个作新媳妇的女儿，才知道已在五个月前死掉了，因为生产，在乡下得不到帮助，孩子生下地两天，女儿血流不止，家里人全下了田，想喝水不得水喝，勉强去厨房喝了些水缸脚沉淀，第二天腹痛就死去了。孩子活了两个月，也死去了。经过这样大变故的王嫂，竟从不提起，还是一切照常，用来稳定她的生命或感情，原来是古人的"生死有命，富贵在天"八个字。她相信八字。

　　说起女儿死去情形，她说："他们忙收麦子，大麦裸麦，用车子装满一车一车马拖着走。家里下田去了。我女儿要喝水喝不到，把水缸脚水喝下肚，可怜，她嚷痛也痛，就死了！死了她男人哭，不许棺材抬出门。自己可要去做壮丁，抽签到头上，过盘龙寺当兵去，生死有命。"

　　吃晚饭时，王嫂加上一碗新蚕豆，原来就是白天那亲家送来的。亲家是女儿的婆婆，所以两人说起时，心酸酸的，眼睛湿莹莹的，都想念着儿女。可是女儿早已腐烂了。

　　王嫂女儿虽死了，儿子却好好的。一个月必来看看她，就便把工薪交上，王嫂另外送他两块钱作零用。

这家里同别的人家一样，有鸡，有狗，有猫儿。这些生物在家中各有一个地位。一切却统由王嫂照料。

把午饭开过。碗盏洗理清楚后，王嫂在大院中喂鸡，看见鸡吃食。若看见横蛮霸道的大公鸡欺侮小母鸡时，好像有点物伤其类情感，就追着那公鸡踢一脚，一面骂着："你个良心不好的扁毛畜生，一天吃多少！我要打死你。"公鸡还是大模大样不在乎，为的是这扁毛畜生已认识了王嫂实在是个"好人"。公鸡是著名哲学教授老金寄养了下来的。每天大清早，家中小黑狗照例精神很好，无伴侣可以相互追逐取乐的，因此一听公鸡伸长喉咙鸣叫，就似乎有点恶作剧，必特意来追逐公鸡玩。这种游戏自然相当激烈，即或是哲学教授的公鸡也受不了的。因此这庄严生物，只好一面逃跑一面咖呵咖呵叫唤，表示对这玩笑并不同意，且盼望有人来援救出险。这种声唤自然引起了一家人的关心，但知道是小狗恶作剧，总不理会，到后真正来援救解围的，照例只有王嫂一人。

那时节王嫂也许已经起床。在厨房烧水了，就舞起铁火铗出来赶狗，同小狗在院中团团打转。也许还未起床，等到被小狗恶作剧闹到自己头上，必十分气愤的，从房中拿了一根长竹竿出来打狗，这枝竹竿白天放在院子中晒晾衣服，晚上还特意收进房中，预备打狗。小狗虽聪明懂事，食料既由王嫂分配，对王嫂也相当敬畏，并且眼见那枝竹竿是王嫂每天打它用的。只是大清早实在太寂寞了，精神兴趣又特别好，必依然折磨折磨大公鸡，自己也招来两下打，因此可好像一个顽皮孩子一般，讨了个没趣后，答答的跑到墙角去撒一泡尿，再不胡闹。尽管挨骂，挨打，小狗心中还是清楚明白，一家中唯有王嫂最关心它。

王嫂每天照例先喂狗，后喂鸡。狗吃饱后就去廊下睡觉。喂完了鸡，向几只鸡把手拍拍，表示所有东西完了完了，那几只鸡也就走过大油加利树下爬土玩去了。因此来准备开始做自己事情。下半天是她洗衣的时间，天气好，王嫂更忙。院子中有两大盆待洗的衣服：老太爷的，老爷的，先生的，少爷的，太太的，小姐的，还加上自己在茶叶局作小勤务十二岁小儿子的。衣服虽不少，她倒不慌不忙的做去。事情永远作不完，可并不使她懊恼。一面搓衣一面间或还用本地调子唱唱歌，喉咙窄，声调十分悦耳。为主人听到时，要她好好唱下去，就害臊，把个粉脸羞得红红的，决不再开口。唱歌的用意原来只在自己听听，为自己催眠，凭歌声引导自己到一个光明梦境里去。

　　她目下有十二块钱一个月，儿子却有十五块，两人赚的钱都没有用处，积聚一年可捎回乡下去买一亩二弓田地，打仗不讲和，米粮贵，一点收入虽少，利上翻利，五年不动用，会有多少！再过八年儿子长大了，所长保举他进军官学校，接一房媳妇，陪嫁多的不要，只要有十亩地，两头水牯牛，一切事都简单具体，使这个简单的人生活下来觉得健康而快乐，世界虽不断的大变，人心也在变，鸡狗好像都在变，唯有这个乡下进城的农妇人生观和希望，却始终不变。

　　三月后天气转好，城区常有空袭警报。警报来时，家中主人照例分成两组，一组外出，一组不动。王嫂对外出最匆忙的照例要笑笑，一面笑一面说："先生，来了来了，快走快走！"话说得极少，意思似乎倒很多，有点讽刺，有点爱娇，主要表示倒是她并不怕。飞机到头上也不怕。为什么不怕？孔子遗教在这颗简单的心上有了影响，"生死有命，富贵在天"。还记起一个故事，"黄巢杀人八百万，在劫数的八方有路难逃，不在劫数的，坐下来判官不收你。"两句简单话语和一个简单故事，稳定了这个简单的心，在平时，因此做事很尽力，做人很可靠，在乱时，她不怕，炸到头上机会既不多，炸不到头上她当真不怕。

疏散的出门去后，不出门的照例还是各在房中做事读书，院中静静的，剩下王嫂一个人，却照例还是洗衣，一面洗衣，一面计数空中飞机数目，好等等报告给主人。或遇到什么人来院中时，有点话说。她需要听一两句好话，或是赞美，或表示敬服，听来她都十分高兴。哲学教授老金，照例每天午后四点来看他的大公鸡，来时必带一个大烧饼，坐在檐下石砌上，一面喂鸡一面和王嫂谈谈天。若有警报，或问："王嫂，你怕不怕？"知道她不怕后，就翘起大拇指说："王嫂，王嫂，你是这个。一家人你胆量最好！"王嫂听来带点羞涩神气笑着："咦，金先生你说得好！我不怕，生死有命，富贵在天！"俨然知道对面是教哲学的先生，就援引两句大哲人的话语，表示酬答。哲学教授老金必照样复述那两句话一次，并作个结论。"是哪吗！是哪吗！这是圣人说的！"

王嫂笑着，扬一扬细细眉毛："圣贤说的。那里会错！"

王嫂虽从不出城避空袭，可是这城中也就真如"有命在天"，直到如今还未被炸过第一次。王嫂看到的只是自己飞机三三五五在城空绕圈子，还不曾看到过日机。五月九号天气特别好，照样的有了警报，照样有万千人从门前走过疏散，家中也照样有人出门。这一次情形可不同一点，三点左右竟真有二十七架飞机排队从市空飞过，到飞机场投了弹。日机的样子，声音，有关轰炸传说，共同在王嫂脑子中产生一个综合印象。晚饭时把菜汤端上了桌子，站在桌边听新闻。一个客人同她说笑：

"王嫂，你看见了日本飞机？"

"二十七架，高也高！哪，那边高射炮蓬的响了，那边机关枪咯咯咯响了，亭桶，兵桶，飞机场炸了。我不躲，我不怕的。"

"真不怕吗？炸弹有水缸大，这房子经不起！"

"要炸让它炸，生死有命。"

"你命好，几个孩子？大姑娘有一位，一定的。我会看相，你有儿有女有福气。"

王嫂不声不响，走到厨房去了。她怕人提起女儿，心里难受。

这件事也就过去了。第二天到了下午，天气还是很好，并无警报，两点左右，她正一面洗衣一面用眼睛耳朵去搜索高空中自家飞机的方位，小狗忽然狂吠起来。原来那个在茶叶局当差的小儿子来了。

小孩子脸黑黑的，裤子已破裂，要他母亲给缝补缝补。

"福寿，你走那里来？"

孩子说："我从甘美医院来。"

"甘美医院做什么？"

孩子话不对题："妈，这只公鸡好威风，简直是架轰炸机。"

"昨天警报你在那里？"

孩子说："我在河甸营。"

这一来王嫂呆住了。"你怎么到飞机场去。日本飞机不是把河甸营炸平了吗？炸死好多人，你去看热闹！还有什么好看！"

"我有事去。日本飞机来了，丢十二个炸弹，七个燃烧弹，房子烧了，倒了，我前前后后是人手人脚，有三匹马也炸个碎烂。机关枪答答答答乱打。最后我也死了，土泥把我埋了。救护队坐车来时，有人摸我心子，还有一点气，汽车装我到甘美医院。九点钟我醒了，他们说好,你醒了,你姓什么?好,王家孩子命真大,回家去吧。怎么,在茶叶局作事,那么,到局里去吧,你妈找你。裤子被车门拉破的,他们当我是个死人!……"

孩子把事情叙述得清清楚楚,毫不觉得可怕,也毫不觉得这次经验有何得意处。坐在他母亲洗衣盆边,裤子破了一个大裂口。把手抹抹,瘦瘦的腿子全给裸露出来了。王嫂声哑了:"咦,咦,咦,你不炸死。你看到死人?看到房子倒了烧起来?你看到人手人脚朝天上飞?人家抬你到医院去,九点钟才醒?回去主任骂不骂你?来,我看看你裤子。"

小孩子走到她身边去,她把破裤子一拉,在孩子精光光的瘦臀上巴巴的打了三下。"你不怕死?我自己打死你,省得吃日本水缸大炸弹五马分尸!"小孩子却嘻嘻笑着,因为看看母亲的眼睛,已湿莹莹的了。

"妈,我活着,不要紧的。一根汗毛都不伤的。"

"你活着,别人可死去不少。"

孩子说:"我不怕日本,我长大了还要当兵去打日本鬼子。"

王嫂一面拉围裙抹眼角,一面盛气的说:"好,你当兵去,人家让你豆子大人当兵去。老鸦看你以为是耗子,衔你上天去,你当兵,当个救火兵,每天帮我来灭炉子里的火。"

"日本人我才不怕,我要捉一个活的回来你瞧,一定捉活的,用电线丝绑来,带回家去帮我们做田。"

"你有力量捉灯草人。"

"我要长大的,我赌咒要去打日本。"

这种讨论自然是无结果的,王嫂不再同孩子争辩了,赶忙去取针线给孩子缝裤。把针线取来,坐到小竹椅边时,又拍打了孩子几下,孩子却感到一种爱抚的温情，问他母亲："娘，你怕不怕？"

"咄，我怕什么？天在头上。"

她看看天，天上蓝分分的，有一团团白云镶在空间。恰有三只老鸦飞到院中油加利树高枝上停下来，孩子一拍掌，老鸦又飞去了。王嫂把裤子缝好后，用口咬下那点余线，把针别到头髻上去，打抱不平似的，拉住孩子脏耳朵说："你当兵去，老鸦就撕你到树上去。福寿，你能当兵！"

孩子不作声，只快乐的微笑，他心想："我怎么不能当兵？人长大了，什么都做得了。"

孩子走后，家中人知道了这件事，都以王嫂人好，心好，命好，遇事逢凶化吉，王嫂不作声，只是陪主人笑，到晚上却悄悄的买了些香纸，拿到北门外十字路口去烧化，她想起年纪青青月里死去的女儿，死得太苦了，命可不好！有点伤心，躲在自己房中去哭了好一会，不曾吃晚饭，这件事一家人谁也不知道，因为她怕人知道要笑她，要问她，要安慰她，这一切她都不需要。

夫妇

本篇发表于 1929 年 11 月 10 日《小说月报》第 20 卷第 11 号。署名沈从文。

移住到××村，以为可以从清静中把神经衰弱症治好的璜，某一天正在院子中柚树边吃晚饭。对于过于注意自己饮食的居停主人，所办带血的炒小鸡感到束手。忽然听到有人在外面喊叫道："看去看去，捉了一对东西！"声音非常迫促，真如出了大事，全村中人皆有非去看看不可的声势。不知如何，本来不甚爱看热闹的璜，也随即放下了饭碗，手拿着竹筷，走过门外大塘边看热闹去了。

出了门，还见人向南跑，且匆匆传语给路人说：

"在八道坡，在八道坡，非常好看的事！要去，就走，不要停了，恐怕不久会送到团上去！"

究竟是怎么回事，他是不得分明的。惟以意猜想，则既然人人皆想一看，自然是一件有趣味的消息了。然而在乡下，什么事即"有趣"，想来是不容易使城中人明白的。

他以为或者是捉到了两只活野猪，也想去看看了。

随了那一旁走路一旁与路上人说话的某甲，脚步匆匆过了一些平时所不经踏过的小山路走去，转弯后，见到小坳上的人群了。人群莫名其妙的包围成一圈，究竟这事是什么事还是不能即刻明白。那某甲，仿佛极其奋勇的冲过去，把人用力掀开，原来这聪明人看着璜也跟来看，以为有应当把乡下事情给城中客人看看的必需了，所以便很奋勇的排除了其余的人。乡下人也似乎觉得这应给外客看看，着忙各自闪开了一些。

一切展在眼前了。

看明白所捉到的，原来是两个乡下人，把看活野猪心情的璜分外失望了。

但许多人正因有璜来看，更对于这事本身似乎多了一种趣味。人人皆用着仿佛"那城里人也见到了"的神气，互相作着会心的微笑，还有对了他近于奇怪的洋服衬衫感到新奇的乡下妇人，作着"你城中穿这样衣服的人也有这事么"的疑问。璜虽知道这些乡下人望到他的头发，望到他的皮鞋与起棱的薄绒裤，所感生兴味正不下于绳缚着那两人的事情，但仍然走近那被绳捆的人面前去了。

到了近身才使他更吓，原来所缚定的是一对年青男女。男女全是乡下人，皆很年青，女的在众人无怜悯的目光下不作一声，静静的流泪。不知是谁还把女人头上插了极可笑的一把野花，这花几几乎是用藤缚到头上的神气，女人头略动时那花冠即在空中摇摆，如在另一时看来当有非常优美的好印象。

望着这情形，不必说话事情也分明了，假若他们犯了罪，他们的罪一定也是属于年青人才有的罪过。

某甲是聪明人，见璜是"城里客人"，却来为璜解释这件事。事情是这样：有人过南山，在南山坳里，大草集旁发现了这一对。这年青人不避人大白天做着使谁看来也生气的事情，所以发现这事的人，就聚了附近的汉子们把人捉来了。

捉来了，怎么处置？捉的人可不负责了。

既然已经捉来，大概回头总得把乡长麻烦麻烦，在红布案桌前，戴了墨镜坐堂审案，这事人人都这样猜想。为什么非一定捉来不可，被捉的与捉人的两方面皆似乎不甚清楚。然而属于流汗喘气事自己无分，却把人捉到这里来示众的汉子们，这时对女人是俨然有一种满足，超乎流汗喘气以上的。妇女们走到这一对身边来时，便各用手指刮脸，表示这是可羞的事，这些人，不消说是不觉得天气好就适宜于同男子作某种事情应当了。老年人看了则只摇头，大概他们都把自己年青时代性情中那点孩气处与憨气处忘掉，有了儿女，风俗有提倡的必需了。

微微的晚风刮到璜的脸上，听着山上有人吹笛，抬头望天，天上有桃红的霞。他心中就正想到风光若是诗，必定不能缺少一个女人。

他想试问问被绳子缚定垂了头如有所思那男子，是什么地方来的人，总不是造孽。

男子原先低头，已见到璜的黑色皮鞋了。皮鞋不是他所习见的东西，故虽不忘却眼前处境，也仍然肆意欣赏了那黑色方嘴的皮鞋一番，且出奇那小管的裤子了。这时听人问他，问的话不像审判官，语气十分温和，就抬头来望璜。人虽不认识，但这人已经看出璜是与自己同情的人了，把头略摇，表示这事所受的冤抑。且仿佛很可怜的微笑着。

"你不是这地方人么？"

这样问，另外就有人代为答应，说"决定不是"。这说话的人自然是不至于错误的。因为他认识的人比本地所住人还多。尤其是女人，打扮的样子并不与本村年青女人相同。他又是知道全村女子姓名相貌的。但在璜没有来到以前，已经过许多人询问，皆没有得到回答。究竟是什么地方人，那好事的人也说不出。

夫妇

璜又看看女人。女人年纪很青，不到二十岁。穿一身极干净的月蓝麻布衣裳。浆洗得极硬，脸上微红，身体颀长，风姿不恶。身体风度都不像个普通乡下女人。这时虽然在流泪，似乎全是为了惶恐，不是为了羞耻。

璜疑心或者这是两个年青人背了家人的私奔事也不一定，就觉得这两个年青人很可怜。他想如何可以设法让两人离开这一群疯子才行。然而做居停主人的朋友进了城，此间团总当事人又不知是谁。并且在一群民众前面，或者真会作出比这时情形更愚蠢的事也不可知。这时这些人就并不觉得管闲事的不合理。正这样想已经就听到有人提议了。

有个满脸疙瘩再加上一条大酒糟鼻子的汉子，像才喝了烧酒，把酒葫芦放下来到这里看热闹的样子，从人丛中挤进来，用大而有毛的手摸了女人的脸一下，在那里自言自语，主张把男女衣服剥下，一面拿荆条打，打够了再送到乡长处去。他还以为这样处置是顶聪明合理的处置。这人不惜大声的嚷着，拥护这希奇主张，若非另一个人扯了这汉子的裤头，指点他有"城里人"在此，说不定把话一说完，不必别人同意就会做他所想做的事。

另外有较之男子汉另有切齿意义，仿佛因为女人竟这样随便同男子在山上好风光下睡觉，极其不甘心的妇女，虽不同意脱去衣裤，却赞成"挞"。都说应结结实实的挞一顿，让他们明白胡来乱为的教训。

小孩子听到这话莫名其妙的欢喜，即刻便竞往各处寻找荆条去了。他们是另一时常常为家中父亲用打牛的条子，把背抽得次数太多，所以对于打贼打野狗野猫一类事，分外感到趣味。

璜看看这情形太不行了，正无办法。恰在此时跑来一个行伍中出身军人模样的人物。这人一来群众就起了骚动，大家争告给这人事件的经过，且各把意见提出。大众喊这人作"练长"，璜知道这必定是本村有实力的人物了，且不作声，听他如何处置。

行伍中人摹仿在城中所常见的营官阅兵神气，双眉皱着，不言不语，忧郁而庄严的望到众人，随后又看看周围，璜于是也被他看到了。似乎因为有"城中人"在，这汉子更非把身份拿出不可了，于时小孩子与妇人皆围近到他身边成一圈，以为一个出奇的方法，一定可从这位重要人物口中说出。这汉子，却出乎众人意料以外的喝一声："站开！"

因这一喝各人皆踉踉跄跄退远了。众人都想笑又不敢笑。

这汉子，就用手中从路旁扯得的一根狗尾草，拂那被委屈的男子的脸，用税关中人盘诘行人的口吻问道：

"从那里来的？"

被问的男子，略略沉默了一会，又望望那练长的脸，望到这汉子耳朵边有一粒朱砂痣。他说：

"我是窑上的人。"

好像有了这一句口供已就够了的练长，又用同样的语气问女人，他问她姓。

"你姓什么？"

那女子不答，抬头望望审问她的人的脸，又望望璜。害羞似的把头下垂，看自己的脚，脚上的鞋绣得有双凤，是只有乡中富人才会穿的好鞋。这时有在夸奖女人的脚的，一个无赖男子的口吻。那练长用同样微带轻薄的口吻问：

"你从那里来的，不说我要派人送你到县里去！"

乡下人照例怕见官，因为官这东西在乡下人看来总是可怕的一种东西。有时非见官不可，要官断案，也就正有靠这凶恶威风把仇人压

115

夫妇

下的意思。所以单是怕走错路，说进城，许多人也就毛骨悚然了。

然而女人被绑到树下，与男子捆在一处，好像没有办法，也不怕官了，她仍然不说话。

于是有人多嘴了，说"挞。"还是老办法，因为这些乡下人平时爱说谎，在任何时见官皆非大板子皮鞭竹条不能把真话说出，所以他们之中也就只记得挞是顶方便的办法，乘混乱中就说出了。

又有人说找磨石来，预备沉潭。这自然是一种恐吓。

又有人说喂尿给男子吃，喂女子吃牛粪。这自然是笑谑。

…………

完全是这类近于孩子气的话。

大家各自提出种种虐待的办法，听着这些话的男女皆不作声。不作声则仿佛什么也不怕。这使练长激动了，声音放严厉了许多，仍然用那先前别人所说过的恐吓话复述给两人听，又像在说："这完全是众人意见，既然有了违反众人的事，众人的裁判是正当的，城里做官的也不能反对。"

女人摇着头，轻轻的轻轻的说：

"我是从窑上来的人，过黄坡看亲戚。"

听到女人这样说话的那男子，也怯怯的说话了，说：

"同路到黄坡。"

那裁判官就问：

"同逃？"

女人对于逃字觉得用得大非事实，就轻轻的说：

"不是。是同路。"

在"同路"不"同逃"的解释上，众人皆知道这是因为路上相遇始相好的意义，大家哄笑。

捉奸的乡下人一个，这时才从团上赶来，正各处找不到练长，回来见到练长了，欢喜得如见大王报功。他用他那略略显得狡猾的眼睛，望练长眹着，笑眯眯的说怎样怎样见到这一对无耻的年青人在太阳下所做的事。事情并不真正希奇，希奇处自然是"青天白日"。因为青天白日在本村的人除了做工就应当打盹，别的似乎都不甚合理，何况所做的事更不是在外面做的事。

听完这话，练长自然觉得这是应当供众人用石头打死的事了，他有了把握。在处置这一对男女以前，他还想要多知道一点这人的身家，因为凡是属于男女的事，在方便中皆可以照习惯法律，罚这人一百串钱，或把家中一只牛牵到局里充公，他从中也多少可叨一点光。有了这种思想的他，就仍然在那里讯取口供，不殚厌烦，而且神气也温和多了。

在无可奈何中男子一切皆不能隐瞒了。

这人居然到后把男子的家中的情形完全知道了，财产也知道了，地位也知道了，家中人也知道了。便很得意的笑着。谁知那被捆捉的男子，到后还说了下面的话。他说他就是女子的亲夫。虽是亲夫妇，因为新婚不久，同返黄坡女家去看岳丈，走过这里，看看天气太好，两人皆太觉得这时节需要一种东西了，于是坐到那新稻草集旁看风景，看山上的花。那时风吹来都有香气，雀儿叫得人心腻，于是记起一些年青人可做的事，于是到后就被捉了。

到男子说完这话，众人也仿佛从这男女情形中看得出不是临时匹配的两个了。然而同时从这事上失了一种浪漫趣味的众人，就更觉得这是非处罚不行了。对于罚款无分的，他们就仍然主张挞了再讲。练长显然也因为男子说出是真夫妇，成为更彻底了的。

正因为是真实的夫妇，在青天白日下也不避人的这样做了一些事情，反而更引起一种只有单身男子才有的愤恨骚动，他们一面想望一个女人无法得到，一面却眼看到这人的事情，无论如何将不答应的，也是自然的事。

从明白了头至尾这事的璜，先是也出于意外的一惊的，这时同练长来说话了。他要这练长，把这人放下才是。听过这话的练长，望着璜的脸，大约必在估计璜"是不是洋人的翻译"。看了一会，璜皮裤带边一个党部的特别证被这人见到了，这人不愿意表示自己是纯粹乡下人，就笑着，想伸手给璜捏。手没有握成，他就在腿上搓自己那只手，起了小小反感，说：

"先生，不能放。"

"为什么？"

"我们要罚他，他欺侮了我们这一乡。"

"做错了事，陪陪礼，让人家赶路好了，没有什么可罚的！"

那糟鼻子在众人中说："那不行，这是我们的事。"虽无言语但见到了璜在为罪人说话的男女，听到糟鼻子的话，就哄然和着。然而当璜回过头去找寻这反对的敌人时，糟鼻子心有所内恶赶忙把头缩下，蹲于人背后抽烟去了。

糟鼻子一失败，于是就有人附和了璜，代罪人为向练长说好话的人来了。这中也有女人，就是非常害怕"城里人"那类平时极爱说闲话的中年妇人，可以谥之为长舌妇而无愧的。其中还有知道璜是谁的，就扯了练长黑香云纱的衣角，轻轻的告练长这是谁。听到了话的练长，点着头，心软了，知道敲诈的事不行，但为维持自己在众人面前的身份，虽知道面前站得是"老爷"，也仍然装着办公事人神气说：

"璜先生您对。不过我们乡下的事我不能作主，还有团总。"

"我去见你团总，好不好？"

"那也好吧，我们就去。我是没有什么的，只是莫让本乡人说话就好了。"

练长狡猾处，璜早就看透了，说是要见团总，把事情推到团总身上去，他就跟了这人走。于是众人闪开了，预备让路。

他们同时把男女一对也带去。一群人皆跟在后面看，一直把他们送到团总院子前，许多人还不曾散去。

天色渐渐的夜了。

从团总处交涉得到了好的结果。狡猾的练长在璜面前无所施其伎俩，两个年青的夫妇缚手绳子在团总的院中解脱了。那练长，作成卖人情的样子，向那年青妇人说：

"你谢谢这先生，全是他替你们说话。"

女人正在解除头上乡下人恶作剧为缠上的那一束花，听过这话后，就连花为璜作揖。这花束她并不弃去，还拿在手里。那男子见了，也照样作揖，但却并不向练长有所照应。练长早已借故走去，这事情就这样以喜剧的形式收场了。

璜伴送这两个年青乡下人出去，默无言语，从一些还不散去守在院外的愚蠢好事乡下人前面过身，因为是有了璜的原故，这些人才不敢跟随。他伴送他们到了上山路，站到那里不走了，才想到说话，问他们肚中饿了没有，两人中男子说到达黄坡时赶得及夜饭。他又告璜这里去黄坡只六里路，并不远，虽天夜了，靠星光也可以走得到他的岳家。说到星光时三人同时望天，天上有星子数粒，远山一抹紫，黄昏正开始占领地面的一切，夜景美极了。这样的天气，似乎就真适宜于年青男女们当天作可笑的事。

璜说："你们去好了，他们不会与你为难了。"

那乡下男子说："先生住在这里，过几天我来看你。"

女人说："天保佑你这好先生。"

那一对年青夫妇就走了。

独立在山脚小桥边的璜，因微风送来花香，他忽觉得这件事可留一种纪念，想到还拿在女人手中的那一束花了，于是遥遥的说：

"慢点走，慢点走，把你们那一把花丢到地下，给了我。"

那女人似乎笑着为把花留在路旁石头上，还在那里等候了璜一会，见璜不上来，那男子就自己往回路走，把花送来了。

人的影子失落到小竹丛后了，得了一把半枯的不知名的花的璜，坐在石桥边，嗅着这曾经在年青妇人头上留过很希奇过去的花束，不可理解的心也为一种暧昧欲望轻轻摇动着。

他记起这一天来的一切事，觉得自己的世界真窄。倘若自己有这样的一个太太，他这时也将有一些看不见的危险伏在身边了。因此开始觉得住在这里是厌烦的地方了。地方风景虽美，乡下人与城市中人一样无味，他预备明后天进城。

十八年七月十四作
二十二年十一月改

丈夫

本篇发表于1930年4月10日《小说月报》第21卷第4号。署名沈从文。

落了春雨，一共有七天，河水涨大了。

河中涨了水，平常时节泊在河滩的烟船妓船，离岸极近，船皆系在吊脚楼下的支柱上。

在楼上"四海春"茶馆喝茶的闲汉子，伏身在临河一面窗口，可以望到对河的宝塔烟雨红桃好景致，也可以知道船上妇人陪客烧烟的情形。因为那么近，上下都方便，有喊熟人的声音，从上面或从下面喊叫，到后是互相见到了，谈话了，取了亲昵样子，骂着野话粗话，于是楼上人会了茶钱，从湿而发臭的甬道走去，从那些肮脏地方走到船上了。

上了船，花钱半元到五块，随心所欲吃烟睡觉，同妇人毫无拘束的放肆取乐，这些在船上生活的大臀肥身的年青女人，就用一个妇人的好处，服侍男子过夜。

船上人，她们把这件事也像其余地方一样称呼，这叫做"生意"。她们都是做生意而来的。在名分上，那名称与别的工作，同样不与道德相冲突，也并不违反健康。她们从乡下来，从那些种田挖园的人家，离了乡村，离了石磨同小牛，离了那年青而强健的丈夫的怀抱，跟随了一个熟人，就来到这船上做生意了。做了生意，慢慢的变成为城市里人，慢慢的与乡村离远，慢慢的学会了一些只有城市里才需要的恶德，于是妇人就毁了。但那毁，是慢慢的，因为需要一些日子，所以谁也不去注意了。而且也仍然不缺少在任何情形下还依然好好的保留到那乡村气质的妇人，所以在市的小河妓船上，决不会缺少年青女子的来路。

事情非常简单，一个不亟亟于生养孩子的妇人，到了城市，能够每月把从城市里两个晚上所得的钱送给那留在乡下诚实耐劳种田为生的丈夫，在那方面就过了好日子，名分不失，利益存在，所以许多年青的丈夫，在娶妻以后，把妻送出来，自己留在家中安分过日子，竟是极其平常的事了。

这种丈夫，到什么时候，想及那在船上做生意的年青的妻，或逢年过节，照规矩要见见妻的面了，自己便换了一身浆洗干净的衣服，腰带上挂了那个工作时常不离口的烟袋，背了整箩整篓的红薯糍粑之类，赶到市上来，像访远亲一样，从码头第一号船上问起，一直到认出自己女人所在的船上为止。问明白了，到了船上，小心小心的把一双布鞋放到舱外护板上，把带来的东西交给了女人，一面便用着吃惊的眼睛，搜索女人的全身。这时节，女人在丈夫眼下自然已完全不同了。

大而油光的发髻，用小钳子由人工扯成的细细眉毛，脸上的白粉同绯红胭脂，以及那城市里人派头城市里人的衣服，都一定使从乡下来的丈夫感到极大的惊讶，有点手足无措。那呆相是女人很容易看到的。女人到后开了口，或者问："那次五块钱得了么？"或者问："我们那对猪养儿子了没有？"女人说话时口音自然也完全不同了，就是变成城市里做太太的大方自由，完全不是做媳妇的神气了。

但听女人问到钱，问到家乡豢养的猪，这做丈夫的看出自己做主人的身份，并不在这船上失去，看出这城里奶奶还不完全忘记乡下，胆子大了一点，慢慢的摸出烟管同火镰。第二次惊讶，是烟管忽然被女人夺去，即刻在那粗而厚大的掌握里，塞了一枝哈德门香烟的原故。吃惊也仍然是暂时的事，于是这做丈夫的，一面吸烟一面谈谈，……

到了晚上，吃过晚饭仍然在吸那有新鲜趣味的香烟，来了客，一个船主或一个商人，穿生牛皮长统靴子，抱兜一角露出粗而发亮的银链，喝过一肚子烧酒，摇摇荡荡的上了船。一上船就大声的嚷要亲嘴要睡觉，那宏大而含胡的声音，那势派，皆使这做丈夫的想起了村长同乡绅那些大人物的威风，于是这丈夫不必指点，也就知道怯生生的往后舱钻去，躲到那后梢舱上去低低的喘气。一面把含在口上那枝卷烟摘下来，毫无目的的眺望河中暮景。夜把河上改变了，岸上河上已经全是灯，这丈夫到这时节一定要想起家里的鸡同小猪，仿佛那些小小东西才是自己的朋友，仿佛那些才是亲人，如今与妻接近，与家庭却离得很远，淡淡的寂寞袭上了身，他愿意转去了。

当真转去没有？不。三十里路路上有豺狗，有野猫，有查夜放哨的团丁，全是不好惹的东西，转去实在做不到。船上的大娘自然还得留他上三元宫看夜戏，到"四海春"去喝清茶，并且既然到了市上，大街上的灯同城市中的人皆不可不去看看。于是留下了，坐在后舱看河中景致取乐，等候大娘的空暇。到后要上岸了，就由小阳桥攀援篷架到船头，玩过后，仍然由那旧地方转到船上，小心小心使声音放轻，省得留在舱里躺到床上烧烟的客人发怒。

到要睡觉的时候，城里起了更，西梁山上的更鼓咚咚响了一会，悄悄的从板缝里看看客人还不走，丈夫没有什么话可说，就在梢舱上新棉絮里一个人睡了。半夜里，或者已睡着，或者还有胡思乱想，那太太抽空爬过了后舱，问是不是想吃一点糖。本来非常欢喜口含冰糖的脾气，是做太太不能忘却的，所以即或说已经睡觉，已经吃过，也仍然还是塞了一小片糖在口里。太太用着略略抱怨自己那种神气走去了，丈夫把冰糖含在口里，正像仅仅为了这一点理由，就得原谅妻的行为，尽她在前舱陪客，自己仍然很和平的睡觉了。

这样的丈夫在黄庄多着！那里出强健女子同忠厚男人，女子出乡卖身，男人皆明白这做生意的一切利益。他懂事，女子名分仍然归他，养得儿子归他，有了钱也总有一部分归他。

那些船，排列在河下，一个陌生人，数来数去永远无法数清的。明白这数目，而且明白那秩序，记忆得出每一个船与摇船人样子，是五区一个老水保。

水保是个独眼睛的人，这独眼据说在年青时节杀过人，因为杀人，同时也就被人把眼睛抠瞎了。但两只眼睛不能分明的，他一只眼睛却办到了。一个河里都由他管事。他的权力在这些小船上，比一个中国的皇帝在地面上的权力还统一集中。

涨了河水，水保比平时似乎忙多了。他得各处去看看，是不是有些船上做父母的上了岸，小孩子在哭奶了，是不是有些船上在吵架，是不是有些船因照料无人，有溜去的危险。在今天，这位大爷，并且要到各处去调查一些从岸上发生影响到了水上的事情。岸上这几天来发生三次小抢案，据公安局那方面人说，凡地上小缝小罅皆找寻到了，还是毫无痕迹。地上小缝小罅都亏那些体面的在职人员找过，于是水保的责任便到了。他得了通知,就是那些说谎话的公安局办事处通知,要他到半夜会同水面武装警察上船去搜索。

水保得到这个消息时是上半天。一个整白天他要做许多事,他要先尽一些从平日受人款待好酒好肉而来的义务了,于是沿了河岸,从第一号船起始,每一个船上去谈谈话。他得先调查一下,得问问这船上是不是留容得有不端正的外乡人。

做水保的人照例是水上一霸,凡是属于水面上的事他无有不知。这人本来就是一个吃水上饭的人,是立于法律同官府对面,按照习惯被官吏来利用,处治这水上一切的。但人一上了年纪,世界成天变,变去变来这人有了钱,成过家,喝点酒。生儿育女,生活安舒,这人慢慢的转成一个和平正直的人了。在职务上帮助了官府,在感情上又亲近了船家,在这些情形上面他建设了一个道德的模范。他受人尊敬不下于官,他做了许多妓女的干爹。

他这时正从一个木跳板上跃到一只新油漆过的花船头,那船位置在较清静的一家莲子铺吊脚楼下。他认得这只船归谁管业,一上船就喊"七丫头"。

没有声音,年青的女人不见出来,年老的掌班也不见出来,老年人很懂事情,以为或者是大白天有年青男子上船做呆事,就站在船头眺望,等了一会。

过一阵他又喊了两声,又喊伯妈,喊五多;五多是船上的小毛头,人很瘦,声音尖锐,平时大人上了岸就守船,买东西煮饭,常常挨打,爱哭。但是喊过五多了,也仍然得不到结果。因为听到舱里又似乎实在有声音,类人出气,不像全上了岸,也不像全在做梦,水保就偻身窥觑舱口,向暗处询问是谁在里面。

里面还是不作答。

水保有点生气了，大声的问："那一个？"

里面一个很生疏的男子声音，又虚又怯，说："是我。"接着又说："都上岸去了。"

"都上岸么？"

"上岸了的。她们……"

好像单单是这样答应，还深恐开罪了来人，这时觉得有一点义务要尽了，这男子于是从暗处爬出来，在舱口，小心小心扳着篷架，非常拘束的望着来人。

先是望到那一对峨然巍然似乎是为柿油涂过的猪皮靴子，上去一点是一个赭色柔软鹿皮抱兜，再上去是一双回环抱着的毛手，手上一颗其大无比的黄金戒指，再上去才是一块正四方形像是无数橘子皮拼合而成的脸膛。这男子，明白这是有身份的主顾了，就学着城市里人说话："大爷，您请里面坐坐，她们就来。"

从那说话的声音，以及干浆衣服的风味上，这水保一望就明白这个人是才从乡下来的种田人。本来女人不在船就想走，但年青人忽然使他发生了兴味，他留着了。

"你从什么地方来的？"他问他，为了不使人拘束，水保取得是做父亲的和平样子，望到这年青人。"我认不得你。"

他想了一下，好像也并不认得客人，就回答："我昨天来的。"

"乡下麦子抽穗了没有？"

"麦子吗？水碾子前我们那麦子，哈，我们那猪，哈，我们那……"

这个人，像是忽然明白了答非所问，记起了自己是同一个有身份的城里人说话，不应当说"我们"，不应当说我们"水碾子"同"猪"。

把字眼儿用错，所以再也接不下去了。

因为不说话，他就怯怯的望到水保微笑，他要人了解他，原谅他。

水保懂得这个意思的。且在这对话中，明白这是船上人的亲戚了，他问年青人："老七到什么地方去了，什么时候可以回来？"

这时，这年青人答语小心了。他仍然说"是昨天来的"。他又告水保，他"昨天晚上来的"。末了才说，老七同掌班同五多上岸烧香去了，要他守船。因为守船必得把守船身份说出，他还告给了水保，他是老七的"汉子"。

因为老七平常喊水保都喊干爹，这干爹第一次认识了女婿，不必年青人挽留，再说了几句，不到一会儿两人皆爬进舱中了。

舱中有个小小床铺，床上有锦绸同红色印花洋布铺盖，折叠得整整齐齐，来客皆应当坐在床沿，光线从舱口来，所以在外面以为舱中极黑，在里面却一切分明。

年青人，为客找烟卷，找自来火，毛脚毛手打翻了身边一个贮栗子的小坛子，圆而发乌金光泽的板栗便在薄明的船舱里各处滚去，年青人各处用手去捕捉，仍然放到小坛中去，也不知道应当请客人吃点东西。但客人却毫不客气，从舱板上把栗拾起咬破了吃，且说这风干的栗子真好。

"这个很好，你不欢喜么？"因为水保见到主人并不剥栗子吃。

"我欢喜。这是我屋后栗树上长的。去年生了好多，乖乖的从刺球里爆出来，我欢喜。"他笑了，近于提到自己儿子模样，很高兴说这个话。

"这样大不容易得到。"

"我选出来的。"

"你选?"

"是的,因为老七欢喜吃这个,我才留下到今年。"

"你们那里有猴栗?"

"什么猴栗?"

水保就把故事所说的"猴子在大山上住,被人辱骂时,抛下拳大栗子打人,人想这栗子,就故意去山下骂丑话,预备捡栗子"——说给乡下人听。

因为栗子,正苦无话可说的年青人,得到同情他的人了。他又说到地名栗坳的新闻。他又说到一种栗木作成的犁且如何结实合用。这个人太需要说说这些了。昨天来一晚上都有客人吃酒烧烟,把自己关闭在小船后梢,同五多说话,五多睡得成死猪。今天一早上,本来应当有机会同妻谈到乡下事情了,女人又说要上岸过七里桥烧香,派他一个人守船。坐船上等了半天,还不见人回,到后梢去看河上景致,一切新奇不同,全只给自己发闷。先一时,正睡在舱里,就想这满江大水若到乡下去涨,鱼梁上不知道应当有多少鲤鱼上梁!把鱼捉来时,用柳条穿腮到太阳下去晒,正计算那数目,总算不清楚,忽然客人来到船上,似乎一切鱼都跳进水中去了。

来了客人,且在神气上看出来是并不拒绝这些谈话的,所以这年青人,凡是预备到同自己的妻说的各样事情,这时得到了一个好机会,都拿来同水保谈着。

他告给水保许多乡下情形,说到小猪捣乱的脾气,叫小猪名字是乖乖,又说到新由石匠整治过的那副石磨,顺便告给了一个石匠的笑话。又提起一把失去了多久的镰刀,一把水保梦想不到的小镰刀,他说:

"你瞧，奇怪不奇怪？我赌咒我各处都找到了。我们在床下，门枋上，谷仓里，什么不找到？它躲了。我为这件事骂过老七。老七哭过。可是仍然不见。鬼打岩，矇矇眼，它在饭箩里！半年躲在饭箩里！它吃饭！一身锈得像生疮。这东西多坏！我说这个你明白我没有？怎么会到饭箩里半年？那是一只做样子的东西，挂到斗窗上。我记起那事了，是我削尖劈，手上刮了皮，流了血，生了大气，抖气把刀一丢。……到水上磨了半天，还不错；仍然能吃肉，你一不小心，就得流血。我还不曾同老七说到这个，她不会忘记那哭得伤心的一回事。找到了，哈哈，真找到了。"

"找到它就好了。"

"是的，得到了它那是好的。因为我总疑心这东西是老七掉到溪里，不好意思说明。我知道她不骗我了。我明白了。我知道她受了冤屈，因为我说过：'找不出么？那我就要打人！'我并不曾动过手。可是生气时也真吓人。她哭了半夜！"

"你不是用得着它割草么？"

"嗨，那里，用处多咧，是小镰刀，那么精巧，你怎么说割草！那是削一点薯皮，刮刮箫：这些这些用的。它小得很，值三白钱，钢火妙极了。我们都应当有这样一把刀放到身边，不明白么？"

水保说："明白明白，都应当有一把，我懂你这个话。"

他以为水保当真懂的！因此再说下去，什么也说到了，甚至于希望明年来一个小宝宝，这样只合宜于同自己的妻睡到一个枕头上的话也说到了。年青人毫无拘束的还加上许多粗话蠢话，说了半天，水保起身要走了，他记起问客人贵姓。

"大爷，您贵姓？留一个片子到这里，我好回话。"

"你告她有这么一个大个儿到过船上,穿这样大靴子,告她晚上不要接客,我要来。"

"不要接客,你要来?"

"就是这样说,我一定要来的。我还要请你喝酒。我们是朋友。"

"好,我们是朋友。"

水保用他那大而肥厚的手掌,拍了一下年青人的肩膊,从船头上岸,走到别一个船上去了。

在水保走后,年青人就一面等候一面猜想到这个大汉子是谁。他还是第一次同这样尊贵的人物谈话,他不会忘记这很好的印象的。人家今天不仅是同他谈话,还喊他做朋友,答应请他喝酒!他猜想这人一定是老七的熟客。他猜想老七一定得了这人许多钱。他忽然觉得愉快,感到要唱一个歌了,就轻轻的唱了一首山歌,用四溪人体裁,他唱的是"水涨了,鲤鱼上梁,大的有大草鞋那么大,小的有小草鞋那么小"。

但是等了一会还不见老七回来,一个鬼也不回来,他又想起那大汉子的丰彩言谈了。他记起那一双靴子,闪闪发光,以为不是极好的山柿油涂到上面,是不会如此体面好看的。他记起那黄而发沉的戒子,说不分明那将值多少钱,一点不明白那宝贝为什么如此可爱。他记起那伟人点头同发言,一个督抚的派头,一个军长的身份——这是老七的财神!他于是又唱了一首歌。用杨村人不庄重口吻,唱的是"山坳里团总烧炭,山脚里地保爬灰;爬灰红薯才肥,烧炭脸庞发黑"。

到午时,各处船上皆已有人烧饭了。湿柴烧不燃,烟子各处窜,使人流泪打嚏,柴烟平铺到水面时如薄绸。听到河街馆子里大师傅用铲敲打锅边的声音，听到邻船上白菜落锅的声音，老七还不见回来。可是船上烧湿柴的本领年青人还没有学到，小钢灶总是冷冷的不发吼。做了半天还是无结果，只有把它放下一个办法了。

应当吃饭时候不得吃饭，人饿了，坐到小凳上敲打舱板，他仍然得想一点事情。一个不安分的估计在心上滋长了，正似乎为装满了钱钞便极其骄傲模样的抱兜，在他眼下再现时，把和平已失去了。一个用酒糟同红血所捏成的橘皮红色四方脸，也是极其讨厌的神气，保留在印象上。并且，要记忆有什么用？他记忆得到那嘱咐，是当到一个丈夫面前说的！"今晚上不要接客，我要来。"该死的话，是那么不客气的从那吃红薯的大口里说出！为什么要说这个？有什么理由要说这个？……

胡想使他心上增加了愤怒，饥饿重复揪着了这愤怒的心，便有一些原始人不缺少的情绪，在这个年青简单的人反省中长大不已。

他不能再唱一首歌了。喉咙为妒嫉所扼，唱不出什么歌。他不能再有什么快乐。按照一个种田人的身份，他想到明天就要回家。

有了脾气再来烧火，更不行了，于是把所有的柴全丢到河里去了。

"雷打你这柴！要你到洋里海里去！"

但那柴是在两丈以外便被别个船上的人捞起了的。那船上人似乎正等待一点从河面漂流而来的湿柴，把柴捞上，即刻就见到用废缆一段引火，且即刻满船发烟，火就带着小小爆烈声音燃好了。眼看这一切，新的愤怒使年青人感到羞辱，他想不必等待人回船就要走路。

在街尾遇到女人同小毛头五多两个人，牵了手走来，五多手上拿得有一把胡琴，崭新的样子，这是做梦也不曾遇到的一个好家伙！

"你走那里去？"

"我——要回去。"

"要你看船船也不看，要回去，什么人得罪了你，这样小气？"

"我要回去，你让我回去。"

"回到船上去！"

看看妻，样子比说话还硬，并且看到那一张胡琴，明知道这是特别买来给他的，所以不能坚持，摸了摸自己发烧的额角，幽幽的说"转去也好，转去也好"，就跟了妻的身后跑转船上。

掌班大娘也赶来了，原来提了一付猪肺，好像东西只是乘便偷来的，深恐被人追上带到衙门里去。所以颧骨发了红，喘气不止。大娘一上船，女人在舱中就喊：

"大娘，你瞧，我家汉子想走！"

"谁说的，戏也不看就走！"

"我们到街上碰到他，他生气样子，一定是怪我们不回来。"

"那是我的错；是菩萨的错；是屠户的错。我不该同屠户为一个钱吵闹半天，屠户不该肺里灌了这样多水。"

"是我的错。"陪男子在舱里的女人，这样说了一句话，坐下了，对面是男子汉：她于是有意的在把衣服解换时，露出极风情的红绫胸褡。

男子觑着，不说话，有说不出的什么东西，在血里窜着涌着。

在后梢，听到大娘同五多谈着柴米。

"怎么，柴都被谁偷去了！"

"米是谁淘好的？"

"一定是火烧不燃。……姊夫是乡下人，只会烧松香。"

"我们不是昨天才解散了一捆柴么?"

"都完了。"

"去前面搬一捆,不要说了。"

"姊夫知道淘米!"

听到这些话的年青汉子,一句话不说,静静的坐在舱里望着那一把新买来的胡琴。

女人说:"弦早配好,试拉拉看。"

先是不作声,到后把琴搁在膝上,查看松香,调琴时,生疏的音响从指间流出,拉琴人便快乐的微笑了。

不到一会满舱是烟,男子被女人喊出,仍然把琴拿到外面去,站据船头调弦。

到吃中饭时,五多说:

"姊夫你回头拉《孟姜女哭长城》,我唱。"

"我不会。"

"我听你拉得很好,你骗我谎我。"

"我不骗你。"

大娘说:"我听老七说你拉得好,所以到庙里,一见这琴,我才说就为姊夫买回去吧。是运气,烂贱就买来了。这到乡里一块钱还恐怕买不到,不是么?"

"是的,值多少钱?"

"一吊六。他们都说值得!"

五多搭嘴说:"谁说值得?"

大娘很生气的说:"毛丫头,谁说不值得?你知道?"

因为这琴是从一个卖琴熟人手上拿来,一个钱不花,听到大娘的谎话，五多分辩，大娘就骂五多，老七却笑了。男子以为这是笑大娘不懂事，所以也在一旁笑着。

男子先把饭吃完，就动手拉琴，新琴声音又清又亮，五多放下碗筷唱将起来，被大娘结结实实打了一筷子头，才忙着吃饭收碗洗锅子。

到了晚上，前舱盖了篷，男子拉琴，五多唱歌，老七也唱歌，美孚灯罩子有红纸剪成的遮光帽，全舱灯光如办大喜事作红颜色，年青人在热闹中像过年，心上开了花。有兵士从河街过身，喝得烂醉，听到这声音了。

两个醉鬼踉踉跄跄到了船边，两手全是污泥，用手扳船，口含胡桃那么混混胡胡的嚷叫：

"什么人唱，报上名来！好，赏一个五百。不听到么，老子赏你五百！？"

里面琴声戛然而止，沉静了。

醉鬼用脚踢船，蓬蓬蓬发钝而沉闷的声音，且想推篷，搜索不到篷盖接榫处。"不要赏么，婊子狗造的？装聋，装哑？什么人敢在这里作乐？我怕谁？王帝我也不怕。大爷，我怕王帝么？我不是人！……"

另一个喉咙发沙的说道：

"骚婊子？出来拖老子上船！"

且即刻听到用石头打船篷，大声的辱骂祖宗，一船人皆吓慌了，大娘忙把灯扭小一点，走出去推篷，男子听到那汹汹声气，挟了胡琴就往后舱钻去。不一会，醉人已经进到前舱了，两个人一面说着野话一面还要争夺同老七亲嘴，同大娘五多亲嘴，且听到有个哑嗓子问是谁在此唱歌作乐，把拉琴的抓来再唱一个歌。

大娘不敢作声，老七也无主意了，两个酒疯子就大声的骂人。

"臭货，喊龟子出来，跟老子拉琴，赏一千，英雄盖世的曹孟德也不会这样大方！我赏一千，一千个红薯，快来，不出来我烧掉你们这船。听着没有，老东西！？赶快，莫使老子们生了气，认不得人！"

"大爷，这是我们自己家几个人玩玩，不！……"

"不？不？不？老婊子，你不中吃。你老了。快叫拉琴的来！杂种！我要拉琴，我要自己唱！"一面说一面便站起身来，想向后舱去搜寻，大娘弄慌了，把口张大合不拢去。老七急了，拖着那醉鬼的手，安置到自己的大奶上。醉鬼懂到这意思，又坐下了。"好的，妙的，老子出得起钱，老子今天晚上要到这里睡觉！"

这一个在老七左边躺下去了，另一个不说什么，也在右边躺下去了。

年青人听到前舱仿佛安静了一会，在隔壁轻轻的喊大娘。正感到一种侮辱的大娘，爬过去，男子还不大分明是什么事情。

"什么事？"

"营上的副爷，醉了，像猫，等一会儿就得走。"

"要走才行。我忘记告你们了，今天有一个大方脸人来，好像大官，吩咐过我，他晚上要来，不许留客。"

"是大皮靴子，说话像打锣么？"

"是的。是的。他手上还有一个大金戒子。"

"那是干爹，他今早上来过了么？"

"来过的。他说了半天话才走，吃过些干栗。"

"他说些什么事？"

"他说一定要来，一定莫留客，……还说一定要请我喝酒。"

大娘想想，难道是水保自己要来歇夜？难道是老对老，水保注意到……？想不通，一个老鸨虽一切丑事做成习惯，什么也不至于红脸，但被人说到"不中吃"时，是多少感到一种羞辱的。她悄悄的回到前舱，看前舱的事情不成样子，伸伸舌头骂了一声猪狗，终归又转到后舱来了。

"怎么？"

"不怎么。"

"怎么，他们走了？"

"不怎么，他们睡了。"

"睡——？"

大娘虽不看清楚这时男子的脸色，但她很懂得这语气，就说："姊夫，我们可以上岸玩玩去，今夜三元宫夜戏，我请你坐高台子，戏是秋胡《三戏结发妻》。"

男子摇头不语。

兵士走后，五多大娘老七皆在前舱灯光下说笑。说那兵士的醉态。男子留在后舱不出来。大娘到门边喊过了二次不答应，不明白这脾气从什么地方发生。大娘回头就来检查那四张票子的花纹，因为她已经认得出票子的真假了。票子倒是真的，她在灯光下指点给老七看那些记号，那些花，且放近鼻子上嗅嗅，说这个一定是清真馆子里找出来的，因为有牛油味道。

五多第二次又走过去："姊夫，姊夫，他们走了，我们应当把那个唱完，我们还得……"

女人老七像是想到了什么心事，拉着了五多，不许她说话。

一切沉默了，男子在后舱先还是正用手指扣琴弦，作小小声音，这时手也离开那弦索了。

四个人都听到从河街上飘来的锣鼓唢呐声音，河街上一个做生意人办喜事，客来贺喜，大唱堂戏，一定有一整夜的热闹。

过了一会，老七一个人轻脚轻手爬到后舱去，但即刻又回来了。

大娘问："怎么了？"

老七摇摇头，叹了一口气。

先以为水保恐怕不会来的，所以仍然睡了觉，大娘老七五多三个人在前舱，只把男子放到后面。

查船的在半夜时，由水保领来了，鸦雀无声，四个警察守在船头，水保同巡官进到前舱。这时大娘已把灯捻明了，她懂得这不是大事情。老七披了衣坐在床上，喊干爹，喊老爷，要五多倒茶，五多还只想到梦里在乡下摘三月莓。

男子被大娘摇醒，揪出来，看到水保，看到一个穿黑制服的大人物，嘎吓得不能说话，不晓得有什么事情发生。

"什么人？"

水保代为答应："老七的汉子，才从乡下来的。"

老七补说道："老爷，他昨天才来的。"

巡官看了一会儿男子，又看了一会儿女人，仿佛看出水保的话不是谎话，就不再说话了，随意在前舱各处翻翻，注意到那个贮风干栗子的小缸子，水保便抓了一把栗子塞进巡官那件体面制服的大口袋里去，巡官只是笑。

一伙人一会儿就走到另一船上去了。大娘刚要盖篷，一个警察回来了。

"大娘,你告老七,巡官要回来过细考察她一下,懂不懂?"

大娘说:"就来么?"

"查完夜就来。"

"当真吗?"

"我什么时候同你这老婊子说过谎?"

大娘很欢喜的样子,使男子奇怪,因为他不明白为什么巡官还要回来考察老七。但这时节望到老七睡起的样子,上半晚的气已经没有了,他愿意讲和,愿意同她在床上说点话,商量件事情,就傍床沿坐定不动。

大娘像是明白男子的心事,明白男子的欲望,也明白他不懂事,故只同老七打知会:"巡官就要来的。"

老七咬着嘴唇不作声,半天发痴。

男子一早起来就要走路,沉默的一句话不说,端整了自己的草鞋,找到了自己的烟袋。一切归一了,就坐到那矮床边沿像是有话说又说不出口。

老七问他:"你不是昨晚上答应过干爹,今天到他家中吃中饭吗?"

"……"摇摇头不作答。

"人家特意为你办了酒席!"

"……"

"戏也不看看么?"

"……"

"满天红的荤油包子,到半日才上笼,那是你欢喜的包子!"

"……"

一定要走了,老七很为难,走出船头呆了一会,回身从荷包里掏出昨晚上那兵士给的票子来,点了一下数,一共四张,捏成一把塞到男子左手心里去,男子无话说,老七似乎懂到那意思了。"大娘,你拿那三张也把我。"大娘将钱取出。老七又将这钱塞到男子右手心里去。

男子摇摇头,把票子撒到地下去,两只大而粗的手掌捂着脸孔,像小孩子那样莫名其妙的哭了。

五多同大娘看情形不好,逃到后舱去了,五多心想这真是怪事,那么大的人会哭,好笑!她站在船后梢看挂在梢舱顶梁上的胡琴,很愿意唱一个歌,可是也总唱不出声音来。

水保来船上请远客吃酒时,只有大娘同五多在船上,问及时,才明白两夫妇一早皆回转乡下去了。

十九年四月十三作于吴淞
二十三年七月廿一改于北平

旅
店

本篇发表于1929年2月10日《新月》第1卷第12号。署名沈从文。

只有醒的人，去看睡着了的另一种人，才会觉到有意思的。他们是从很远一个地方走来，八十里，或一百里的长途，疲劳了他们的筋骨，因此为熟睡所攫，张了口，像死尸，躺在那用干稻草铺好的硬炕上打鼾。他们在那里做梦，不外乎梦到打架、口渴、烧山、赌钱等等事。他们在日里时节，生活在一种已成习惯了的简单形式中，吃、喝、走路、骂娘，一切一切觉得已够，到可以睡时就把脚一伸，躺下一分钟后就已睡好了。

这样的人在各处全不缺少。生在都会中人是即或有天才也想不到这些人生在同一世界的。博士是懂得事情极多的一种上等人，他也不会知道这种人的存在的。俄国的高尔基，英国的萧伯纳，中国的一切大文学家，以及诗人，一切教授，出国的长虹，讲民生主义的党国要人，极熟习文学界情形的赵景深，在女作家专号一书中客串的男作家，他们也无一个人能知道。革命文学家，似乎应知道了，但大部分的他们，去发现组织在革命情绪里的爱去了，也仿佛极其茫然。

中国的大部分的人，是不单生活在被一般人忘记的情形下，同时是也生活在文学家的想象以外的。地方太宽，打仗还不容易，其余无从来发现,这大概也是当然的道理了。这里一件事,就是把中国的中心南京作起点,向南走五千里,或者再多,因此到了一个异族聚居名为苗寨的内地去,这里是说那里某一天的情形的。

天已快亮。

在主人名字名为黑猫的小店中,有四个走长路的人,还睡在一个长大木床上做梦。他们从镇远以上,一个产纸的地方,各人肩上扛了一担纸下来,预备到屈原溯江时所停船的辰阳地方去。路走了将近一半。再有十一天他们就可以把纸卖给铺子回头了。做着这样仿佛行脚僧事业的人是为了生儿育女的原故,长年得奔走的。每一次可以休息十天,通计一年之中有四分之三在各地小旅店中过夜。习惯把这些人变成比他一种商人更能耐劳,旅店与家也近乎是同样的一种地方了。

这旅店开设在山脚,过湖南界下辰州的是应翻山过去的,走了长路的因此多数在此住宿,预备在一夜中把疲倦了的身体恢复过来,蓄了力上这高山。主人是二十七岁的妇人,属于花脚苗[1]。这妇人为什么被人取名为黑猫,是很难于追溯的事。大概是肌肤微黑,又逗人欢喜的原故,所以称为黑猫。这名字好像又是这妇人丈夫所取的,为自己妇人取下了这样好名字的丈夫,料不到很早的就死去,却把名字留给一切过往客人呼唤了。把名字留给过往客人的呼唤,原是不什么要紧,黑猫的身体,自从丈夫死了以后,倒并不如名字那样被一般人所有!

欢喜白肉,苗族中并不如汉人嗜好之深。对于黑的认识,在白耳族中男子是比任何中国人还有知识的。然而黑猫自从丈夫死了以后,继续了店中营业,卖饭、卖酒、且款待来往远方的客人住宿,却从不

---

[1]本文中花脚苗、白耳族、乌婆族等,均属虚拟。

闻谁个人对黑猫能有皮肤以内的认识。凡是出门经商作事的人全不是无眼睛的人，眼睛大部分全能注意到生意以外的妇女们脸孔，但对于黑猫，总像她真是个猫，与男女事无关，与爱情无分。事情也并不怎样奇怪，她不是平常的花脚族妇女。乌婆族妇女的风流娇俏，在这妇人身上并不缺少，花脚族妇女的热情，她也秉赋很多，同时她有那猡猡族妇女的自尊与精明，死去了的丈夫让他死去，她在一种选择中做着寡妇活下来了。

她在寡妇的生活中过了三年，没有见到一个动心的男子。白耳族男子的相貌在她身边失了诱人的功效，巴义族男子的歌声也没有攻克得这妇人心上的城堡。土司的富贵并不是她所要的东西，烟土客的挥霍她只觉得好笑。为了店中的杂事，且为了保镖须人，她用钱雇了一个有了四十多岁的驼背人助理一切。来到这里的即或心怀不端，也不能多有所得，相约不来则又是办不到的事。这黑猫的本身就是一件招徕生意的东西，至于自黑猫手中做出的菜，吃来更觉得味道真好，也实有其人。

因为这样，黑猫在众人所不能忘的情形下生活，自然幸福与忧患是同时都有得到的方便，她应得到的全来了。在营业上心怀上占了优势的黑猫，在身体上灾难上不可免的也来了。用歌声，与风仪与富贵，完全克服不了黑猫的心，因此有人想起用力来作最后一举的事了。亏了黑猫的机警，仍然不至于被人遂心，其中故事不少。……故事数毕到了最近的今天。

照例天一发白，黑猫是就应当同那驼子起身，为客人热水洗脸，或烫一壶酒，让客人在灶边火光中把草鞋套上，就来开门送客的。把客送走，天若早，又为冬天，还可以再把身子卷到棉絮中睡一觉。若系三月到九月中任何一日，则大清早各处全是雾，也将走到大路旁井边去担水，把水缸中贮满清水为止。担水的事是黑猫自作的。

　　黑猫今天特别醒得早，醒时把麻布蚊帐一挂，把床边小小窗子推开，见得是满天星子，满院子虫声，冷冷的风吹来使人明白今天的天气晴朗是一定。虫声像为露水所湿，星光也像湿的，天气是太美丽了。这时节，不知正有多少女人轻轻的唱着歌送她的情人出门越过竹林！不知有多少男子这时听到鸡叫，把那与他玩嬉过一夜的女人从山峒中送转家去！又不知道有多少人在那分别时流泪赌咒！黑猫想起了这些，倒似乎奇怪自己起来了。别人作过的事她不是无分！别一个作店主妇人的都有权利在这时听一点负心男子在床边发的假誓，她却不能做。别的妇人都有权利在这时从一个山峒中走出，让男子脱下蓑衣代为披上送转家中，她也不能做。

　　一个二十多岁的妇人，结实光滑的身体，长长的臂，健全多感的心，不完全是特意为男子夜来用的么？可是一个有权享受她的男子，却安安静静睡到土里四年，放弃这权利了。其余呢，又都不济。

　　今天的黑猫真有点不同往常，在星光下想起的却是平时不曾想到的男女事情。她本应在算账这些纠葛上感觉到客人好坏的，这时却从另一些说不分明的印象上记起住宿的客人来了。四个客，每年来去约在十五六次左右，来去全在此住宿也已经有数年了。因为熟，她把每一个人的家事全知道得清清楚楚，这些人全有家室是她早知道了的。只要中了意，把家中撇开，来做一点只有夫妻可以有的亲密，不拘形迹的事体，那原无妨于事的。山高水长两人分手又是一个月，正因为难于在一处或者也就更有意思。这些事，在另一时本来她就想到了，不行的仍然是男子中还无一个她所要的男子在。此时的四个纸客，就无一个像与她可以来流泪赌咒的。她即或愿意在这四碗菜中好歹选取一碗，这男子因为太与主人相熟，也就很难自信在这个有名规矩的妇人身上，把野心提起！

但奇怪的是今天这黑猫性情，无端的变了。

一种突起的不端方的欲望，在心上长大，黑猫开始来在这四个客人上面思索那可以光身的人了。她要得是一种力，一种圆满健全的、而带有顽固的攻击，一种蠢的变动，一种暴风暴雨后的休息。过去的那个已经安睡在地下的男子，所给她的好经验，使她回忆到自己失去的权利，生出一种对平时矜持的反抗。她觉得应当抓定其中一个，不拘是谁，来完成自己的愿心，在她身边作一阵那顶撒野的行为。她思索这样事情在这当儿似乎听得有人上山的声音了。

她又从窗口去望天上的星，大小的星群无从数清，极大的星子放出的光作白色，山头上照得出庙宇的轮廓，无论如何天是快明了。

听到鸡叫的声音，听到远处水磨的呜咽声音，且听到狗的声音。狗叫是显然已有人乘早凉上路了。在另一时，她这时自然应当下床了，如今却想到狗的叫声也有是为追逐那无情客人而怀了愤恨的情形的，她懒懒的又把窗关上了。

那驼子原是一个极准确的钟，人上了年纪，一到天亮他非起床不行，这时已在那厨灶边打火镰燃灯，声音为黑猫所听到了。

黑猫在床上，像是生了气，说："驼子，你这样早是做些什么事？"

"不早了，我知道。今天天气又好，今年的八月真是菩萨保佑！"

驼子照例把灯一燃，就拿灯到客人房中去，于是客人也醒了。

一个客人问驼子："天气怎么样？"

"好天气！这种天气是引姑娘上山睡觉，比走长路还合式的天气！"

旅店

驼子的话把四个客人中有三个引笑了，一个则是正在打哈欠。这打哈欠的人只顾到打哈欠，所以听不真。驼子像有意说话给这四个客人以外另一个人听，接口说：

"如今是变了，一切不及以前好。近来的人成天早早起来做事，从前二十年，年青人的事是不少，起来的也更早，但这件事情却是从他相好的被里爬出回家，或是送女人回家。他们分了手，各在山坡上站立，雾大对面不见人，还可以用口打哨唱歌。如今是完了，女人也很少情浓心干净的女人了。"

主人黑猫在后房听到驼子的话，大声喊他，说："驼子，你把水烧好，少在那里说呆话！"

"噢，噢。"这驼子答应了，还向这四个客人做一个烂脸神气，表示他听说的话不是无根，主人就是一个不知情趣的女人。他一旁走一旁自言自语，说的是"世界变了，女人不好好的在年青时唱歌喝酒，倒来作饭店主人。作了饭店主人，又不……"他不把话说完，因为已到了灶边，有灶王菩萨在。大约是天气作的怪，这个人，今天也分外感到主人安分守寡为不应当了。

听到驼子发了感慨的黑猫，她这时已起了床，跋了鞋过客人这边房来，衣服还未扣好，一头的发随意盘在头上蓬起像鹰窠，使人想象到在山峒狼皮褥上仰卧的媚金，等候情人不来自杀以前的样子。客人中之一，适听到驼子的不平言语，见到黑猫的苗条身段，见到黑猫的一对胀起的奶，起了点无害于事的想头，他说：

"老板娘，你晚来睡得好！"

她说："好呀！我是无晚上不好！"

"你若是有老板在一处，那就更好。"

黑猫在平时,听到这种话,颜色是立刻就会变成严肃的。如今却斜睨这说笑话的客人笑。她估量这客人的那一对强健臂膊,她估他的肩、腰以及大腿,最后又望到这客人的那个鼻子,这鼻子又长又大。

客人是已起床了,各人在那里穿衣,系带,收拾好的全到房外灶边去套草鞋。说笑话的那个客人独在最后。在三个伙伴出去以后,黑猫望到这大鼻子客人,真有一口咬下这大鼻头的潜意识在,所以自己用手揣到自己的奶,把身子摇摆,想同客人说两句话。

这客人虽曾与黑猫说了一句笑话,是想不到黑猫此时欲望的。伙伴去后见到黑猫在身边,倒无一句可说的话了。他慢慢把裹腿绑好,就走出房了,黑猫本应在这时来整理棉被,但她只伏到床上去嗅,像一个装醉的人作的事。

另一个客人,因为找那扎在床头的草烟叶,从外面走来,黑猫赶即起来为客人拿灯照亮,客人把烟叶找到,也像不注意到这妇人的大与往日不同处,又走出去了。

黑猫拿了灯跟出房来,把灯放在灶上,去瞧水缸。水所剩不多了,她得去担水,就拿了扁担在手,又从方桌下拖水桶。

把店门开了,外面的街有两三只狗走过身,她又忙把门关上。"驼子,近来怎么野狗又多起来了!"

"每年一到秋天就来了,我说了多久,要装一个药弩,总不得空。我听人说野狗皮在辰州可卖三四两银子一个,若是打到一对狐种狗,我就可以发财了。"

那大鼻子客人说:"岂止三四两银子?我是亲眼见到有人花十块钱买一个花尾獾子的。"

"这话信不得。"另一个客人则有疑惑,因为若果这话可靠,那这纸生意可以改为猎狐生意了。

"谁说谎？他们卖獭是二十两银子，我亲眼见的，可以赌咒。"

"你亲眼见些什么呢？许多事你就不会亲眼见到。若是你有眼睛，早是——"这话是黑猫说的。说了她就笑。

他们都不知道她所说意义何所在，也不明白为什么而笑。但这个大鼻子客人，则仿佛有所会心了，他在一种方便中，为众人所忽略时，摸了一下黑猫的腰，黑猫不作声，只用目瞅着这人的鼻子，好像这鼻子是能作怪的一种东西。

虽然有野狗，野狗不是能吃大人的兽物，本用不着害怕的，所以不久黑猫又开门出去担水去了。大鼻客人也含了烟杆跟了出去，预备打狗或者解溲，总有事。这一担水像是在一里路以外挑回的，回来时黑猫一句话不说，坐在灶边烤火，驼子见大鼻客人转来更慢，却说以为客人被狗吃了。或者狗，或者猫，某一个地方总也真有那种能吃人的猫狗吧。被狗吓的是有人，至于猫，那是并不像可怕的东西了，有人问到时大鼻客人是说得出的。

洗完脸，主人不知何故又特意来为客人煮了一碗鸡蛋，把蜂糖放在鸡蛋里吃完后，送了钱，天已大亮，四个客人把扁担扛上了肩，翻山去了，黑猫主人痴立在门边半天，又坐到灶边去半天，无一句话同驼子可说。

过了一个月左右，旅店中又有人住宿，卖纸人四个中不见了那位大鼻子，问起原故才知道人是在路上发急症死了。过了十个月，这旅店中多了一个小黑猫，一些人都说这是驼子的儿子，驼子因为这暧昧流言，所以在小黑猫出世以后，做了黑猫的丈夫。

黑猫是到后真应了那不幸的大鼻客人的话，有老板人更好了。那三个纸客，还是仍然来往住宿到这旅店中，一到了这店里，见到驼子的样子，总奇怪这个人能使黑猫欢喜的理由不知在什么地方。这些事谁能明白？譬如说，以前是同伴四个，到后又成为三个，这件事就谁也不知道清楚。

一月十日作（病中）

辑三

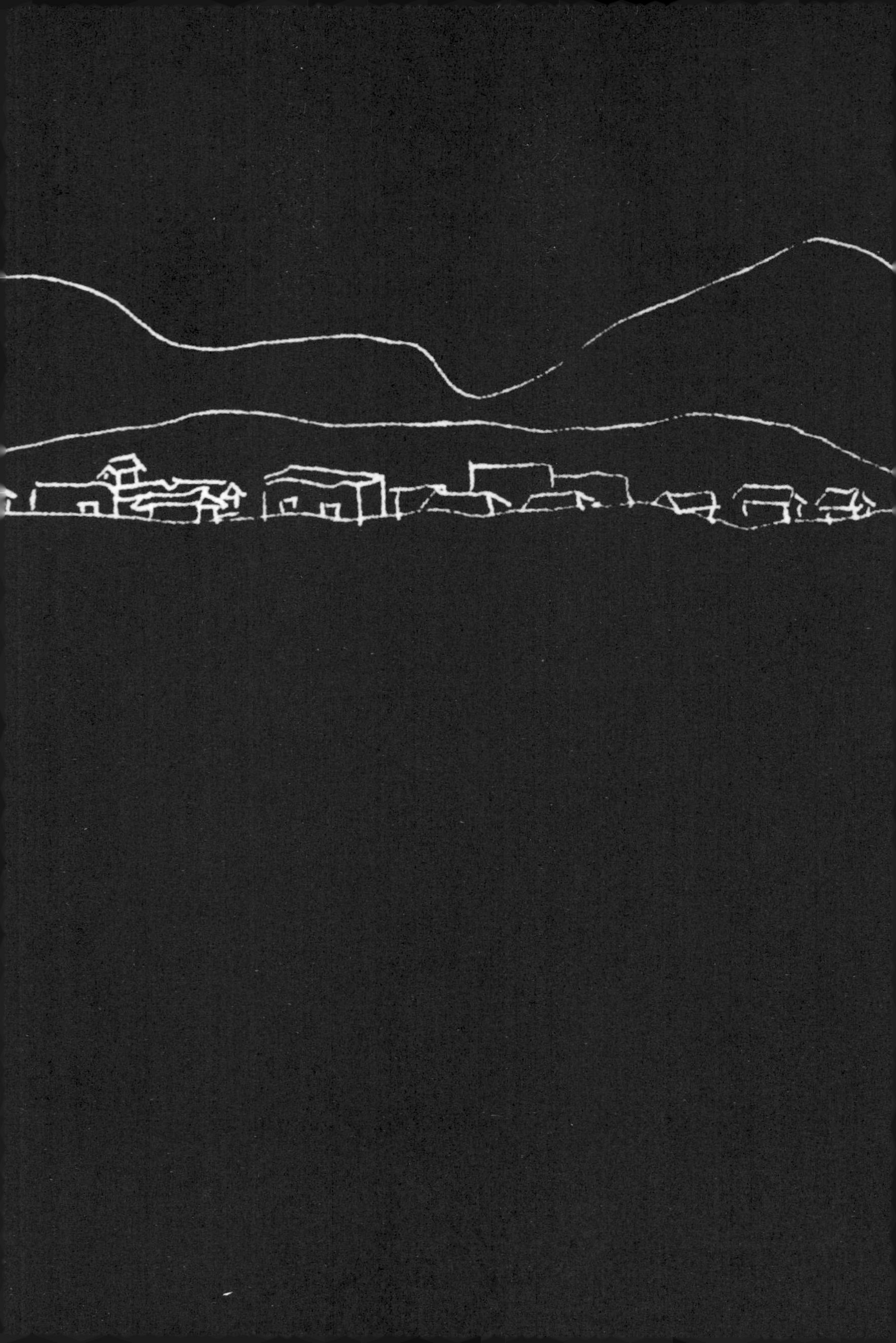

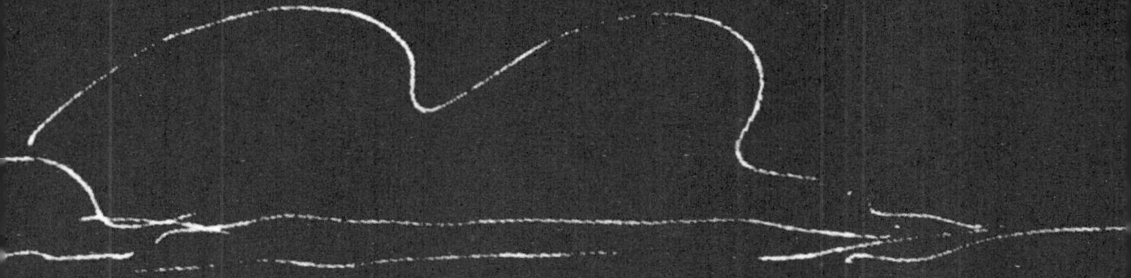

说故事人的故事

本篇发表于 1929 年 2 月 10 日《小说月报》第 20 卷第 2 号。署名沈从文。

许多人爱说别人的故事，是因为闲着无东西吃，或吃饱了以后，要寻出消化那好酒好肉的方法，所以找出故事来说。在上海地方的几个我所认识他们脸嘴的文艺复兴人物，就有这种脾气。这脾气自然是顶好的一种脾气！也因了这脾气的存在，一个二个便成了名人了。这巧妙处自然不是普通人所知道，但只要明白说话人是对自己一伙的加以夸张，伙外的加以讪笑造谣，事情是成功了。

　　这些人是无故事可说了。若必定有，那也总不外乎拜访名人，聚会闲谈，吃，喝，到后大家在分手时互相道过晚安，再回家去抄一点书当成创作，看看杂志来写论文而已。

　　笔尖，走你的路吧，把你认为是故事的故事说完好了。

　　我那时是收发员。年纪是十七岁。随了一个师长到龙潭。在龙潭时贺龙还是我们部队的团长，除了成天见到他来师部打两百块底的麻将牌以外，并没有看得出这伟人在嘴上生有獠牙，或者额上长角。晚近伟人真是来得不同了，本事不要，异相全无，运气一来忽然就伟大了。

　　那时做收发员的我，每月拿十三块六毛钱的月薪，另外到副官处领取伙食津贴三元，每天早上起来靠在那戏台看楼上用擦面牙粉刷牙，白天坐到白木案前把来去公文摘由记下，吃饭时到军需处去吃洋芋煨牛肉，晚上到河边去看看上滩的船，发薪时就到一个传达姘妇开的赌场上去把几块钱输到扑克上去。钱越输扑克赌术也越精了，赌术越进步钱也越输得可怜。这样日子把我消磨了一年。到底人是年青人，把钱输光了，出去就是看人家打牌，在住处就是用公文纸照到戏台前木雕故事画人物儿玩，日子过起来究竟还是不比如今多懊恼。

在那地方是不必花钱也可以找到玩的方法的，譬如到河里去洗澡，到山上去摘野果野花，更胡闹一点的则是跟了年长一点的人到乡下去，调戏乡姑娘，日子过起来总不算长的。

日子虽然容易混，天生是怪脾气的我，不知为什么总觉得不能与这生活相合，终于想回湘了。我在师长面前告了假。（愿上帝给这个人在地下安宁！）知道我是把所得的一点薪水全输到扑克上面的上司，见到我愿意调回镇守使署，照旧做我的十二元一月的书记，就准了我所请求，还让我到军需处领三个月干薪，作为这一趟跟到他移防川东的酬劳。谢谢这好人，给了我这样多钱，使我可以坐船回家，不至于再像来时爬那个三十五里高的棉花坡。

把钱从一个矮子田军需手上领到手，尽他把我在一次一个同花顺上欠的七块账扣去，我估计我回到保靖是至少还可以剩廿块钱。得了钱，又回湘，自然是欢喜的事了，当我把一切小账还清，把护照得到，把师长为我写致镇守使的信得到以后，我只等候上船了。

谁知等了四天，还不能动身。这正像是运气中所注定，说我的钱是在川东得，决无拿回湘西的理由，所以在一个夜间被一个本来不甚熟识的弁目牵牵扯扯到了那女人家，一坐下，四输庄，我的钱去了一半。弁目是赢了。但见到我说非走不行时，他做出仿佛与我共一只鞋的神气，又仿佛是完全来陪我打牌的神气，所以我们就同时下场了。下了场的他，似乎不大好意思，就一定要请我过醉仙楼喝酒，是吃红，又是送行。推辞不得。我只好又跟到他去。把酒喝到三分醉，他会过四吊铜元账以后，因为有点醉，就又要我陪他到第七旅监里去。在军队中交亲原是一场扑克一台酒就可以拜把的。

我说："这个我决不去了，我要睡了。"

"早！时间早，老弟，去去好。你不是常常说到还不曾见过好女人么，跟我去，那里的包你满意。"

说不见到好女人，似乎是在牌场上说的笑话，他却记到了。

我说："不行！我不愿到牢里去看女人的。"

"女人好，在牢里看又何妨。你只要看看，包你满意。真是了不得的女人！"

我大约也稍稍有点酒意，经过他一说，也想答应了。

"什么样的女人？"

这弁目是有点踉踉跄跄的模样了，见我问到女人是什么人物，就大声的说是"土匪"，名字是夭妹。土匪中的名叫夭妹的，我是在另一时曾听到人说过了。先听说已经捉到了关在酉阳监牢里。许多人说过这是女怪物，生长得像一朵花，胆量却比许多男子好，无数男子都在她手下栽了跟头，好奇心的我就存了愿意见见的想望。如今是只要欢喜就可以见到了，我不能说不去了。

到了监牢的路上，我才从这弁目方面知道这女匪就是绰号夭妹的从酉阳移来龙潭还是近几天的事，是为了追问这女匪枪支藏匿所在，所以解到这里来了。

说故事人的故事

所谓第七旅监牢者，是川军汤子模部的监牢，内中拘了不少命里有灾难的人物，也有带罪的军人在内。守这监牢的是川军，兵士约一排，驻扎在牢外。弁目对于这守牢长官是相识的，所以能随便来去，且可以同犯人说话，因为被拘的有军人，因此更容易到犯人处了。

我就跟到这个人进了监牢的门，一直到女匪夭妹的住处，进了特为这女大王备置的屋后，隔了栅栏望着在一盏清油灯下做鞋帮的一个少妇的背影，我先还以为是营长太太一类人物。

这领带弁目进来的老妇人，把我们引到了这里，却走了。

这略有酒意的弁目，用手攀栅栏，摇动着，说：

"夭妹，夭妹，有人来看你了。"

望到这女人回身的姿态，望到她在灯光下露出一个清瘦的白脸，我除了觉得这女人是适宜于做少奶奶的好女人以外，简直想不出她能带了两百支枪出没山中打家劫舍的理由来。这人不是坏人，再明白也没有的。我且一眼看定她还是好人中的正派人呢。我就在心中想，或者这是错了，被冤了。

不过，她走过来了，她笑了，她说话了，我应当承认我的错了。那一双眼睛，在暗中还放光，先是低垂着还见不出特别，到后一抬起，我即刻相信一切传言了。

望到了弁目又望到了我的这女人，口角边保持了向人类轻蔑的痕迹，这痕迹且混合在一种微笑中，我是从有生以来，也并不曾遇到过女人令我如此注意过的。我想说什么也说不出口，就只有对这女人做着诚实的笑容，同时我把怜悯放到眼光上，表明我是对她同情的。

弁目把手从栅栏空间伸过去，抓着了那人的一只手，说：

"夭妹，我是特意带我这个好朋友来看你的。"

女人又望望我,好像说未必是好朋友吧,那神气聪明到极点,我又只有笑。

"他是年青人,怕羞,不必用你的眼睛虐待他。"

我对这经他说过才知道他早已认我为好朋友的朋友,醉话有点不平了,怯怯的分辩道:

"我才不怕谁!你不要喝多了乱说!"

女人是用她的微笑,表示了承认我说的是真话,一面又承认弁目所说的并非酒话的。她用她那合江话清爽音调问弁目:

"朋友贵姓?"

"要他自己答应好了。"

女人对我望,我只有告她我的姓名。

于是我们继续说话,像极其客气又极其亲切。

"衙门事情大概是忙吧?"

"不忙,成天玩罢了。"

"你们年青人是玩不厌的。"

"也有厌倦时候,因为厌倦,倒想不久转家乡了。"

"家乡是湖南?"

"是××。"

"××人全是勇敢美貌的人。"

"哪里,地方是小地方,脚色也不中用!"

"××人是勇敢的。"这话大约不是夸奖我,完全对弁目而说。

说到这里女人用力捏了弁目一下手,我明白了是她应当同他另外有话说了,我就把头掉过去看房中的布置。望到那板床上的一床大红毯子,同一条缎面被,觉得这女人服用奢侈得比师长太太还过余,只听到女人说：

"事情怎么了？你是又吃酒把事误了。"

男子就分辩，幽幽的又略含胡的说道：

"酒是吃了，不过你答应我的那件事？"

"你骗我。"

"赌咒也成。我是因为商量你那件事，又想起你，人都生病了。"

"你决定了没有？"

"决定了。我可以在天王面前赌咒。你应当让我……我已同那看守人说好了。"

"我实在不相信你。"

"那我也没有话说了。"

女人不作声了，似乎是在想什么事体，我也不便回头。隐隐约约中，我能料到的，是必定弁目答应她运动出狱，她应当把藏在他处的金钱，或身体，信托给这男子。女人是在处置这件事，因而迟疑了。

使我奇怪的，是这样年青的女人，人物又这样生长的整齐，性格又似乎完全是一个做少奶奶的性格，她不读书不做太太也总可以作娼，却在什么机会上成了土匪的首领？从她眼睛上虽然可以看出这女人是一个不平常的女人，不过行为辞色总仍然不能使人相信这是土匪！即如眼睛的特别，也不是说她所表示的是一种情欲的饱餍。我记得分明，我的好几个上司的姨太太，论一切就都似乎不及这女人更完全，更像贤妻良母。谁知道这个女人却是做过了无数大事的名人。

我心想，这个人，若说她能处治人，受处治的或者不是怕她，不过是爱她罢了。见了她以后，是连我也仿佛愿意与她更熟习一点，帮她做点事的。

等了一阵我又听到她在说话了，问题像仍然是那一件事，弁目要她答应，她答应了。她又要弁目赶紧办那应办的事，弁目赌咒，表示必办到。

到我再走过去搀言时，女人在我眼睛中仍然是一个稳重温柔的女人了，照例我是见到这种女人话就少了的。她见我无话可说，就又找了许多话问我。她又把所做的鞋面给弁目看，我才知道鞋是为弁目做的。从鞋子事上推得出这女人与弁目的关系，是至少已近于夫妇的关系了。

大约留在这地方有一点钟时间，好奇心终敌不过疲倦，我就先离开这里，回营里睡了。当回去时，女人还要弁目把我送到师部门口，是我不愿意，这弁目才送我出守卫处就转去。

第二天一清早。我像是已把昨夜事情忘了，正起身来洗完了脸，伏在那桌子上临帖，写到皇象的草字，这新朋友弁目把手搁到我肩上喊了我一声。回头见是他，正笑着，我的兴味转到他身上来了。我也对他笑，问他昨天什么时间回来。

这汉子缩了缩头，说："惹出祸事了。"说祸事时好像仍然不怕的。

"我不信，你除非是同她到牢里作那呆事情。"

"除非呀！不是这个祸还有谁？"

听到弁目居然同到女人在狱中做了些呆事，忽然提起我的注意了。先是我已经就在有点疑心他同女人，谈论到的就是这件事，女人不放心，他赌咒，也是这件事。料不到是我走不久他就居然撒了野。不怕一切，女人也胆大到这样！

我说："告给我，怎么出乱子？"

这爽直的人，或者是昨夜我回营以后，还同女人论到我，女人要他对我亲热一点了,今天真像什么话都要对我讲。

"怎么样,就是这么样的!我把那管牢老东西用四块钱说通了,我居然到了里面,在她的床铺上脱了这女人的上下衣,对不起,兄弟是独自用过她了。不知为什么他们知道了消息,忽然在外面嚷起来了。"

他停了一停,我并不在这时打岔。

"来人了。兵全来了。枪上了刺刀,到了我们站的那个地方,装不知道问在里面的是谁,口口声声说捉着了枪毙。这里有我所熟识的排长声音。全然是这人也打过夭妹的主意,不上手,所以这时拿到了把柄,出气来了。我才不怕他!我把身边的枪放了一夹子弹,扣了衣,说:'朋友,多不得心,对不起,我是要走了。站在我身边的莫怪子弹不认人呵。'他们见到我那种冷静,又听到子弹上槽声音,且在先不明白里面是谁的兵士,这时却听得出是极其熟习的我,成天见到面,也像不大好意思假装了。过了一会就只听到那排长一个人生气指挥的声音。我就真出来了。我把我手枪对准了前路,还对到那排长毒毒的望了一眼,堂堂正正从这些刺刀边走过,出了大门,回家来睡了。"

一个不明白我们军队情形的人是决不相信事情是这样随便的。但我在当时是看到类似的事情很多,全不疑惑了。说到了回家就睡,我才代为他想起这事应当告给师长晓得。

经他又一说,我才知道不但这事师长已明白,并且半夜里旅部即来了公文要人,师长却一力承担,说并无这个人在部,所以不日这弁目也要走了。

我问他究竟答应什么条件就能与这女人上手,他却不说。但他又说到这女人许多好处长处,说到女人是如何硬,什么营长什么团长都不能奈何她过，虽然生长得标致，做官的把她捉来也不敢接近她，因为自己性命要紧，女人是杀人全不露神色的。一个杀人不露神色的女人，独能与弁目好，我是仍然不免奇怪的。

我正想问他女人见他走时是什么神气，楼下一个副官却在大声喊那弁目的名字，说是师长要他到军需处拿钱。弁目听到拿钱就走了。望到这汉子走下楼梯，我觉得师长为人真奇怪。这样放纵身边人，无怪乎大家能为他出死力。但这军纪风纪以后成什么样子呢？还正在一旁磨墨一旁想到这弁目同女人结果是应当怎样，楼下忽然吹了哨子，卫兵集了合。

听到师长大声说话了，像是在生气骂人。

听到那值日副官请令了，忙忙的来去不停，大的靴子底在阶石上响。

听到弁目喊救命了。我明白领钱的意义了。

我把窗打开一看，院子中已站满了兵士，吓得我不知所措。那弁目还不等到我下楼已被兵士拥去了。一分钟以后我不但清楚了一切，并且说不出为什么胆寒起来，这说故事的人忽然成了故事，完全是我料不到的。还仿佛是目前情形，是我站在那廊下望到那女人把鞋面给弁目看，一个极纤细的身影为灯光画到墙上，也成了像梦一样故事了。我下午就上了船。还赶不上再多知道一点两人死后的事情，我转湘西了。

这故事，完全不像当真的吧，因为理想中的女大王总应当比女同志为雄悍，小说上的军队情形也不与这个相似。不过到近来，说到这事时我被那弁目的手拍过的右肩，还要发麻，不知怎么回事。

雪晴

本篇发表于1946年10月20日《经世日报·文艺》。署名沈从文。同年11月4日又于《中国日报·文艺周刊》发表。据《经世日报·文艺》编入。

"巧秀，巧秀，……"
"可是叫我？哥哥！"
……

竹林中一片斑鸠声，浸入我迷蒙意识里。一切都若十分陌生又极端荒唐。雪晴。清晨。

我躺在一铺楠木雕花大板床上，包裹在带有干草香和干果香味的新被絮里，细白麻布帐子如一座有顶盖的方城，在这座方城中已甜甜的睡足了十个钟头。房正中那个白铜火盆，晚夜用热灰掩上的炭火，不知什么时候已被人拨开，加上些新栗炭，从炭盆中小火星的快乐爆炸继续中，我渐次由迷蒙渡到清醒。那个对话原来是斑鸠作成的。我明白，我又起始活在一种现代传奇中了。

昨天来到这地方以前，几个人几只狗在积雪被覆的溪涧中追逐狐狸，共同奔赴而前，蹴起一阵如云如雾雪粉，人的欢呼，兽的低嗥，所形成一种生命的律动，和午后雪晴景物相配衬，那个动人情景再现到我印象中时，已如离奇的梦魇，加上另外一堆印象，即初初进入村子里，从融雪带泥的小径，绕过了碾坊，榨油坊，以及夹有融雪寒意半涧溪水如奔如赴的小溪河迈过，转入这个有喜庆事的庄宅，在灯火煌煌，笳鼓竞奏中，和几个小乡绅同席照杯，参加主人家喜筵的热闹种种印象，增加了我对于现实处境的迷惑，因此各个印象不免重叠起来。虽重叠却并不混淆，正如同一支在演奏中的乐曲，兼有细腻和壮丽，每件乐器所发出的每个音响，即再低微也异常清晰，且若各有位置，独立存在，一一可以摄取。

新发酵的甜米酒，照规矩连缸抬到客席前，当众揭开那个厚棉盖覆时，一阵子向上泛涌泡沫的嗞嗞细声，即不曾被院坪中尖锐鸣咽唢呐声音所淹没。屋主人的老太太，银白头发上簪的那朵大红山茶花，在新娘子十二幅红绉罗大裙照映中，也依然异样鲜明。还有那些成熟待年的女客人，共同浸透了青春热情黑而有光的眼睛，亦无不各有一种不同分量压在我的记忆上。我眼中被屋外积雪返光形成一朵朵紫茸茸的金黄镶边的葵花，在荡动不居情况中老是变化，想把握无从把握，希望它稍稍停顿也不能停顿。过去一切印象也因之随同这个幻美花朵而动荡，华丽，鲜明，难把握，不停顿！

眼中的葵花已由紫和金黄转成一片金绿相错的幻画，还正旋转不已。

"巧秀，巧秀！"

"可是叫我？哥哥！"

这对话是可能的？我得回向过去，和时间逆行，追寻这个语音的踪迹，如同在雪谷中一串狐狸脚迹中，找寻那个聪明机灵小兽的窟穴。

……筵席上凡是能喝的，都醉倒了。住处还远应当走路的，点上火燎唱着笑着各自回家了，奏乐帮忙的，下到厨房，用烧酒和大肉丸子肥腊肉肿个膊子，补偿疲劳，各自方便，或抱个大捆稻草，钻进个空谷仓房里去睡觉，或晃着火把，上油坊玩天九牌过夜去了。一家中既有了酒阑人散情形，我自然也得有个落脚处！

白头上戴大红山茶花一家之主的老太太，站在厅堂前面，张罗周至的打发了许多事情后，就手颤抖抖的，举起一个大火炬，准备引导我到一个特意为安排好的住处去。面前的火炬照着我，不用担心会滑滚到雪中，老太太白发上那朵大红山茶花，恰如另外一个火炬，照着我回想起三十年前老一派贤惠能勤一家之主的种种，但是我最关心的，还是跟随我身后，抱了两床新装钉的棉被，一个年青乡下大姑娘，也好像一个火炬，俨然照着我的未来。我还不知她是什么人，只知道名叫巧秀。

原在厅子灯光所不及处，和一个收拾乐器的乡下人说话，老太太在厅子中间。

"巧秀，巧秀，可是你？"

"是我！"

"是你你就帮帮忙，把铺盖送到后屋里去。"

于是三个人从先一时还灯烛煌煌笳鼓竞奏的正厅，转入这所大庄宅最僻静的侧院。两种环境的对照，以及行列的离奇，更增加了我对于处境的迷惑。到住处小房中后，四堵未油漆的白松木板壁，把一盏灯罩擦得清亮的美孚油灯灯光聚拢，我才能够从灯光下看清楚为我抱衾抱裯的一位面目。

十七岁年纪，一双清亮无邪的眼睛，一张两角微向上翘的小嘴，一个在发育中肿得高高的胸脯，一条乌梢蛇似的大发辫。说话时未开口即带点羞怯的微笑，关不住青春秘密悦乐的微笑。且似乎用这个微笑即是代表一切，生命存在的意义和价值，以及愿望的证实。

175

雪晴

可是，事实上这时节她却一声不响，不笑，只静静的，低着头，站在那铺楠木刻花大床边，帮同老太太为我整理被盖。我无事可作，即站在房正中大火盆边，一面烘手，一面游目四瞩，欣赏房中的动静：那个似动实静的白发髻上的大红山茶花，似静实动的十七岁姑娘的眉目和四肢，作成一种奇异的对比，嵌入我生命中。

我心想，那双清明无邪的眼睛，在这个万山环绕不上二百五十户人家的小村落中，看过了些什么事情？那张含娇带俏的小小荷包嘴，到想唱歌时，应当唱些什么歌？还有那颗心，平时为屋后豺狼的长嗥声，盘在水缸边大黄喉蛇的歇凉神气，训练得稳定结实，会不会还为什么新的事情、新的想象、新的经验而剧烈跳跃？我倘若还不愿意放弃作一个画家的痴梦，真的画起来时，第一笔应捕捉那双眼睛上的青春光辉，还是应保留这个嘴角边温情笑意？

我还觉得有点不可解，即整理床铺，怎么不派个普通长工来，岂不是大家省事？既要来，怎么不是一个人，还得老太太同来？等等事一做完即得走去，难道也必需和老太太一道走？倘若不，我又应当怎么样？这一切，对于我真是一分离奇的教育。我也许稍微有了点儿醉。我不由得不笑了。

我说："对不起，一万分对不起！我这不速之客真麻烦了老太太，麻烦了这位大姐，老太太累了，应当休息了。"

从那个忍着笑代表十七岁年纪微向上翘的嘴角，我看出一种回答，意思清楚分明。

"那样对不起？城里人请也请不来！来了又不吃酒，不吃肉，只会客气。"

"……"

的确是，城里人就会客气，礼貌周到，然而总不甚诚实。好像这个批评当真即是从对面来的，我无言可回，沉默了。即想换个题目，也无话可说了。

到两人为我把床铺好时，老太太就拍一拍那个垫上绣有"长命富贵""丹凤朝阳"的扣花枕帕的旧式硬枕，口中轻轻的近于祝愿的语气说："好好睡，睡到天大亮再醒，不叫你你就莫醒！"一面说一面且把个小小红纸包儿悄悄塞到枕下去。我虽看得异常清楚，却装作不曾注意。于是，那两个人相对笑笑，像是办完一件大事。老太太又摇摇灯座，油还不少，扭一扭灯头，看机关灵活不灵活。又验看一下茶壶，炖在炭盆边很稳当。一种母性的体贴，把凡是想得到的都注意一下后，再说了几句不相干闲话，就走了。那个十七岁的笑和沉默也走了。

我因之陷入一种完全孤寂中。听到两人在院子转角处踏雪声和笑语声，这是什么意思？充满好奇的心情，伸手到枕下掏摸，果然就抓住了一样小东西，一个被封好的谜。小心谨慎裁开一看，原来是包寸金糖。方知道是老太太举行一种乡村古旧的仪式。乡下习惯，凡新婚人家，对于未婚的陌生男客，照例是不留宿的。若留下在家中住宿时，必祝福他安睡，恐客人半夜里醒来有所见闻，大清早不知忌讳，信口胡说，就预先用一包糖甜甜口，封住了嘴。一切离不了象征，惟其是象征，简单仪式中即充满了牧歌素朴的抒情。我因为记得一句旧话，入境问俗，早经人提及过，可绝想不到自己即参加了这一角。我明早上将说些什么？是不是这时脑中想起的，眼中看到的，也近于一种忌讳？

六十里的雪中长途跋涉，即已把我身体弄得十分疲倦，在灯火煌煌笳鼓竞奏的喜筵上，甜酒和笑谑所酿成的空气中，乡村式的欢乐的流注，再加上那个十七岁乡下姑娘所能引起我的幻想和联想，似乎把我灵魂也弄得相当疲倦！因此，躺入那个暖和，轻软，有干草干果香味的棉被中，不多久，就被睡眠完全收拾了。

现在我又呼吸于这个现代传奇中了。炭盆中火星还在爆炸，假若我早醒五分钟，是不是会发现房门被一只手轻轻推开时，就有一双好看眼睛一张有式样的嘴随同发现？是不是忍着笑踮起脚进到房中后，一面整理火盆，一面还向帐口悄悄张望，一种朴质与狡狯的混合，只差开口，"你城里人就会客气"，到这种情景下，我应当忽然跃起，稍微不大客气的惊吓她一下，还是尽含着糖，不声不响？……

我不能够这样尽躺着，油紫色带锦绶的斑鸠，已在雪中咕咕咕呼朋集伴。我得看看雪晴浸晨的庄宅，办过喜事后的庄宅，那份零乱，那份静。屋外的溪涧，寒林和远山，为积雪掩覆初阳照耀那份调和，那份美，还有雪原中路坎边那些狐兔鸦雀径行的脚迹，象征生命多方的图案画。但尤其使我发生兴趣感到关切的，也许还是另外一件事情。新娘子按规矩大清早和丈夫到井边去挑水时，是个什么情景？那一双眉毛，是不是当真于一夜中，就有了极大变化，一眼望去即能辨别？有了变化后，和另外那一位年纪十七岁的成熟待时大姑娘，比较起来究竟有什么不同？

盥洗完毕，走出前院去，想找寻一个人，带我到后山去望望，并证实所想象的种种时，真应了俗话所说，"莫道行人早，还有早行人"，不意从前院大胡桃树下，便看见那作新郎的朋友，正蹲在雪地上一大团毛物边，有所检视，才知道新郎还是按照向例，天微明即已起身，带了猎狗和两个长工，上后山绕了一转，把装套设阱处一一看过，把所得到的一一收拾回来。从这个小小堆积中，我们发现两只麻兔，一只长尾山猫，一只灰獾，两匹黄鼠狼，装置捕机的地面，不出庄宅后山半里路范围，夜中即有这么多触网入彀的生物。而且从那不同的形体，不同的毛色，想想每个不同的生命，在如何不同情形中，被大石块压住腰部，头尾翘张，动弹不得；或被牛皮圈套扣住了前脚，高悬半空；或是被机关木梁竹签，扎中肢体某一部分，在痛苦惶遽中，先是如何努力挣扎，带着绝望的低嗥，挣扎无从，精疲力尽后，方充满悲苦的激情，眼中充血沉默下来，等待天明，到末了终不免同归于尽：遗体陈列到这片雪地上，真如一幅动人的彩画，但任何一种图画，却不曾将这个近于不可思议的生命复杂与多方，好好表现出来。

后园竹林中的斑鸠呼声，引起了朋友的注意。我们于是一齐向后园跑去，朋友撒了一把绿豆到雪地上，又将一把绿豆灌入那支旧式猎枪中，（上火药时还用羚羊角！）藏身在一垛稻草后，有所等待。不到一会儿，枪声响处，那对飞下雪地啄食绿豆的斑鸠，即中了从枪管中喷出的绿豆，躺在雪中了。吃早饭时，新娘子第一回下厨做的菜，送上桌子时，就是一盘辣子炒斑鸠。

一面吃饭一面听新郎述说上一月下大围猎虎故事，使我仿佛加入了那个在自然壮丽背景中，人与另外一种生物，充满激烈活动，如何由游戏而进入争斗，又由流血转增宗教的庄严。

新娘子的眉毛还是弯弯的，脸上有一种腼腆之光，引起我老想要问一句话，又像是因为昨夜老太太塞在枕下那包糖，当真封住了口，不便启齿。可是从外面跑来一个长工，却代替了我，在桌前向主人急促陈诉：

"老太太，大少爷，你家巧秀，她走了，跟男人走了。有人在坳上亲眼看见过，和昨天吹唢呐那个棉寨人，一齐逃走的。一定向雅拉营跑，要追还追得上，不会很远！巧秀背了个小小包袱，笑嘻嘻的，跟汉子，不知羞！"

"咦，咦！"一桌旁七个吃饭的人，都为这个离奇消息给愣住了。这个情绪集中的一刹那，使我意识到两件事，即眉毛比较已无可希望，而我再也不能作画家。

我一个人重新枯寂的坐在这个小房间火盆边。听着炖在火盆上铜壶的白水沸腾，好像失去了点什么，不经意被那个十七岁私奔的乡下姑娘，收拾在她那个小小包袱中，带到一个不可知不易想的小小地方去了。我得找回来才是事，可是向那儿去找？

不过事实上我倒应分说得到了一点什么。得到的究竟是什么？我问你读者，算算时间，我来到这个乡下还只是第二天，除掉睡眠，耳目官觉和这里一切接触还不足七小时，生命的丰满，洋溢，把我感情或理性，已经完全混乱了。

阳光上了窗棂，屋外檐前正滴着融雪水。我年纪刚满十八岁。

十月十二重写

巧秀和冬生

本篇发表于1947年6月1日《文学杂志》第2卷第1期。署名沈从文。

雪在融化。田沟里到处有注入小溪河中的融雪水，正如对于远海的向往，共同作成一种欢乐的奔赴。来自留有残雪溪涧边竹篁丛中的山鸟声，比地面花草还占先透露出春天消息，对我更俨然是种会心的招邀。就中尤以那个窗后竹园的寄居者，全身油灰颈脖间围了一条锦带的斑鸠，作成的调子越来越复杂，也越来越离奇。

　　"巧秀，巧秀，你当真要走？你莫走！"

　　"哥哥，哥哥，喔。你可是叫我？你从不理我，怎么好责备我？"

　　原本还不过是在晓梦迷蒙里，听到这个古怪而荒谬的对答，醒来不免十分惆怅。目前却似乎清清楚楚的，且稍微有点嘲谑意味，近在我耳边诉说，我再也不能在这个大庄院住下了。因此用"欢喜单独"作为理由，迁移个新地方，村外药王宫偏院中小楼上。这也可说正是我自己最如意的选择。因为庙宇和村子有个大田坝隔离，地位完全孤立。生活得到单独也就好像得到一切，为我十八岁年纪时所需要的一切。

　　我一生中到过许多希奇古怪的去处，过了许多式样不同的桥，坐过许多式样不同的船，还睡过许多式样不同的床。可再也没有比半月

巧秀和冬生

前在满家大庄院中那一晚，躺在那铺楠木雕花大床上，让远近山鸟声和房中壶水沸腾，把生命浮起的情形心境离奇。以及迁到这个小楼上来，躺在一铺硬板床上，让远近更多山鸟声填满心中空虚，所形成一种情绪更幽渺难解！

院子本来不小，大半都已为细叶竹科植物的蕃植所遮蔽，只余一条青石板砌成的走道，可以给我独自散步。在丛竹中我发现有宜于作手杖的罗汉竹和棕竹，有宜于做箫管的紫竹和白竹，还有宜于做钓鱼竿的蛇尾竹。这一切性质不同的竹子，却于微风疏刷中带来一片碎玉倾洒，带来了和雪不相同的冷。更见得幽绝处，还是小楼屋脊因为占地特别高，宜于遥瞻远瞩，几乎随时都有不知名鸟雀在上面歌呼；有些见得分外从容，完全无为的享受它自己的音乐，唱出生命的欢欣；有些又显然十分焦躁，如急于招朋唤侣，而表示对于爱情的渴望。那个油灰色斑鸠更是我屋顶的熟客，本若为逃避而来，来到此地却和它有了更多亲近机会。从那个低沉微带忧郁反复嘀咕中，始终像在提醒我一件应搁下终无从搁下的事情，即巧秀的出走。即初来这个为大雪所覆盖的村子里，参加朋友家喜筵过后，房主人点上火炬预备送我到偏院去休息时，随同老太太身后，负衾抱裯来到我那房中，咬着下唇一声不响为我铺床理被的十七岁乡下姑娘巧秀。我正想用她那双眉毛和新娘子眉毛作个比较，证实一下传说可不可靠。并在她那条大辫子和发育得壮实完整的四肢上，做了点十八岁年青人的荒唐梦，不意到第二天吃早饭桌边，却听人说她已带了个小小包袱，跟随个吹唢呐的乡下男子逃走了。在那个小小包袱中，竟像是把我所有的一点什么东西，也于无意中带走了。

巧秀逃走已经半个月，还不曾有回头消息。试用想象追寻一下这个发鬃黑，眼睛光，胸脯饱满乡下姑娘的去处，两人过日子的种种以及明日必然的结局，自不免更加使人茫然若失。因为不仅偶然被带走的东西已找不回来，即这个女人本身，那双清明无邪眼睛所蕴蓄的热情，沉默里所具有的活跃生命力，都远了，被一种新的接续而来的生活所腐蚀，遗忘在时间后，从此消失了，不见了。常德府的大西关，辰州府的尤家巷，以及沅水流域大小水码头边许多小船上，经常有成千上万接纳客商的小婊子，脸宽宽的眉毛细弯弯的，坐在舱前和船尾晒太阳，一面唱《十想郎》小曲遣送白日，一面衲鞋底绣花荷包，企图用这些小物事连结水上来去弄船人的恩情。平凡相貌中无不有一颗青春的心永远在燃烧中。一面是如此燃烧，一面又终不免为生活缚住，挣扎不脱，终于转成一个悲剧的结束，恩怨交缚气量窄，投河吊颈之事日有所闻。追源这些女人的出处背景时，有大半和巧秀就差不多，缘于成年前后那份痴处，那份无顾忌的热情，冲破了乡村习惯，不顾一切的跑去。从水取譬，"不到黄河心不死"。但大都却不曾流到洞庭湖，便滞住于什么小城小市边，过日子下来。向前既不可能，退后也办不到，于是如彼如此的完了。

我住处的药王宫，原是一村中最高议会所在地，村保国民小学的校址，和保卫一地治安的团防局办公处。正值年假，学校师生都已回了家。议会平时只有两种用途：积极的是春秋二季邀木傀儡戏班子酬神还愿，推首事人出份子。消极的便只是县城里有公事来时，集合士绅人民商量对策。地方治安既不大成问题，团防局事务也不多，除了我那朋友满大队长由保长自兼，局里固定职员，只有个戴大眼镜读《随园食谱》用小绿颖水笔办公事的师爷，一个年纪十四岁头脑单纯的局丁。地方所属自卫武力虽有三十多枝杂枪，却分散在村子里大户人家中，以防万一，平时并不需要。换言之，即这个地方目前是冷清清的。因为地方治安无虞，农村原有那分静，表面看也还保持得上好。

搬过药王宫半个月来，除了和大队长赶过几回场，买了些虎豹皮，选了些斗鸡种，上后山猎了回毛兔，一群人一群狗同在春雪始融湿滑滑的涧谷石崖间转来转去，搅成一团，累得个一身大汗，其余时间居多倒是看看局里老师爷和小局丁对棋。两人年纪一个已过四十，一个还不及十五，两面行棋都不怎么高明，却同一十分认真。局里还有半部《聊斋志异》，这地方环境和空气，才真宜于读《聊斋志异》！不过更新的发现，却是从局里新孵的一窝小鸡上，及床头一束束草药的效用上，和师爷于短时期即成了个忘年交，又从另外一种方式上，和小局丁也成了真正知己。先是翻了几天《聊斋志异》，以为青凤黄英会有一天忽然掀帘而入，来到以前且可听到楼梯间细碎步声。事实上雀鼠作成的细碎声音虽多，青凤黄英始终不露面。这种悬想的等待，既混合了恐怖与欢悦，对于十八岁的生命言也极受用。可是一和两人相熟，我就觉得抛下那几本残破小书大有道理，因为随意浏览另外一本大书某一章节，都无不生命活跃引人入胜！

原来巧秀的妈是溪口人，二十三岁时即守寡，守住那两岁大的巧秀和七亩山田。年纪青，不安分甘心如此下去，就和一个黄罗寨打虎匠相好。族里人知道了这件事，想图谋那片薄田，捉奸捉双把两人生生捉住。一窝蜂把两人拥到祠堂里去公开审判。本意也大雷小雨的把两人吓一阵，痛打一阵，大家即从他人受难受折磨情形中，得到一种离奇的满足，再把她远远的嫁去，讨回一笔财礼，作为脸面钱，用少数买点纸钱为死者焚化，其余的即按好事出力的程度均分花用。不意当时作族长的，巧秀妈未嫁时，曾拟为跛儿子讲作儿媳妇，巧秀妈却嫌他一只脚不成功，族长心中即蹩住一腔恨恼。后来又借故一再调戏，反被那有性子的小寡妇大骂一顿，以为老没规矩老无耻。把柄拿到手上，还随时可以宣布。如今既然出了这种笑话，因此回复旧事，极力主张把黄罗寨那风流打虎匠两只脚捶断，且当小寡妇面前捶断。私刑执行时，打虎匠咬定牙齿一声不哼，只把一双眼睛盯看着小寡妇。处罚完事，即预备派两个长年把他抬回三十里外黄罗寨去。事情既有凭有据，黄罗寨人自无话说。可是小寡妇呢，却当着族里人表示她也要跟去。田产女儿通不要，也得跟去。这一来族中人真是面子失尽。尤其是那个一族之长，心怀狠毒，情绪复杂，怕将来还有事情，倒不如一不做二不休连根割断。竟提议把这个不知羞耻的贱妇照老规矩沉潭，免得黄罗寨人说话。族祖既是个读书人，读过几本"子曰"，加之辈分大，势力强，且平时性情又特别顽固专横，即由此种种，同族子弟不信服也得三分畏惧。如今既用维持本族名誉面子为理由，提出这种兴奋人的意见，并附带说事情解决再商量过继香火问题。人多易起哄，大家不甚思索自然即随声附和。阖族一经同意，那些无知好事者，即刻就把绳索磨石找来，督促进行。在纷乱下族中人道德感和虐待狂已混淆不可分。其他女的都站得远远的，只轻轻的喊着"天"，却无从作其他抗议。一些年青族中人，即在祠堂外把那小寡妇上下衣服剥个净光，两手缚定，背上负了面小磨石，并用藤葛紧紧把磨石扣在颈脖上。大家围住小寡妇，一面无耻放肆的欣赏那个光鲜鲜的年青肉体，一面还狠狠的骂女人无耻。小寡妇却一声不响，任其所为，眼睛湿莹莹的从人丛中搜索那个冤家族祖。族祖却在剥衣时装作十分生气，狠狠的看了几眼，口中不住说"下贱下贱"，装作有事也不屑再

187

巧秀和冬生

湘 女 萧 萧

看，躲进祠堂里去了。到祠堂里就和其他几个年长族人商量打公禀禀告县里，准备大家画押，把责任推卸到群众方面去，免得出其他故事。也一面安慰安慰那些年老怕事的，引些圣经贤传除恶务尽的话语，免得中途变化。到了快要黄昏的时候，族中一群好事者，和那个族祖，把小寡妇拥上了一只小船，架起了桨，沉默向溪口上游长潭划去。女的还是低头无语，只看着河中荡荡流水，以及被双桨搅碎水中的云影星光。也许正想起二辈子投生问题，或过去一时被族祖调戏不允许的故事，或是一些生前"欠人""人欠"的小小恩怨。也许只想起打虎匠的过去当前，以及将来如何生活，一岁大的巧秀，明天会不会为人扼喉咙谋死？临出发到河边时，一个老表嫂抱了茫然无知的孩子，想近身来让小寡妇喂点奶，竟被人骂为老狐狸，一脚踢开，心狠到临死以前不让近近孩子。但很奇怪就是从这妇人脸色上竟看不出恨和惧，看不出特别紧张。……至于一族之长的那一位呢，正坐在船尾梢上，似乎正眼也不想看那小寡妇。其实心中却漩起一种极复杂纷乱情感，为去掉良心上那些刺，只反复喃喃以为这事是应当的，全族脸面攸关，不能不如此的。自己既为一族之长，又读过书，实有维持风化道德的责任。当然也并不讨厌那个青春康健光鲜鲜的肉体，讨厌的倒是"肥水不落外人田"，这肉体被外人享受。妒忌在心中燃烧，道德感益强，迫虐狂益旺盛。至于其他族人中呢，想起的或者只是那几亩田将来究竟归谁管业。都不大自然，因为原来那点性冲动已成过去，都有点见输于小寡妇的沉静情势。小船摇到潭中最深处时，荡桨的把桨抽出水，搁在舷边。船停后轻轻向左旋着，又向右旋。大家都知道行将发生什么事。一个年纪稍大的某人说："巧秀的娘，巧秀的娘，冤有头，债有主，你好好的去了吧。你有什么话嘱咐？"小寡妇望望那个说话安慰她的人，过一会儿方低声说："三表哥，做点好事，不要让他们捏死我巧秀喔，那是人家的香火！长大了，不要记仇！"大家静默了。美丽黄昏空气中，一切沉静，谁也不肯下手。老族祖貌作雄强，心中实混和了恐怖与庄严。走过女人身边，冷不防一下子把那小寡妇就掀下了水，轻重一失衡，自己忙向另外一边倾坐，把小船弄得摇摇晃晃。人一下水，先是不免有一番小小挣扎，因为颈背上悬系那面石磨相当重，随即打着漩向下直沉。一阵子水泡向上翻，接着是水天平静。船随水势溜着，渐渐离开了原来位置，船上的年青人眼都还直直的望着水面。因为死亡带走了她个人的耻辱和恩怨，却似乎留念给了每人一份看不见的礼物。虽说是要女儿长大后莫记仇，可是参加的人哪能忘记自己作的蠢事，几个人于是俨然完成了一件庄严重大的工作，把船掉了头。死的已因罪孽而死了，然而"死"的意义却转入生者担负上，还得赶快回到祠堂里去叩头，放鞭炮挂红，驱逐邪气，且表示这种勇敢和决断行为，业已把族中受损失的荣誉收复。事实上却是用一切来拔除那点在平静中能生长，能传染，影响到人灵魂或良心的无形谴责。即因这种恐怖，这四年后那族祖便在祠堂里发狂自杀了。只因为最后那句嘱咐，巧秀被送到八十里远的满家庄院，活下来了。

巧秀长大了，亲眼看过这一幕把她带大的表叔，团防局的师爷，有意让她给满家大队长做小婆娘，有个归依，有个保护。因为大太太多年无孕息，又多病，将来生男育女还可望扶正。大队长夫妇都同意这个提议。只是老太太年老见事多，加之有个痛苦记忆在心上，以为得凡事从长作计。巧秀对过去事又实在毫无所知，只是不乐意。因此暂时搁置。

巧秀常到团防局来帮师爷缝补衣袜，和冬生也相熟。冬生的妈杨大娘，一个穷得厚道贤慧的老妇人，在师爷面前总称许巧秀。冬生照例常常插嘴提醒他的妈，"我还不到十四岁，娘。""你今年十四明年就十五，会长大的！"两母子于是在师爷面前作小小争吵，说的话外人照例都不甚容易懂。师爷心中却明白，母子两人意见虽对立，却都欢喜巧秀，对巧秀十分关心。

巧秀的逃亡正如同我的来到这个村子里，影响这个地方并不多，凡是历史上固定存在的，无不依旧存在，习惯上进行的大小事情，无不依旧进行。

冬生的母亲一村子里通称为杨大娘。丈夫十年前死去时，只留下一所小小房产和巴掌大一片土地。生活虽穷然而为人笃实厚道，不乱取予，如一般所谓"老班人"。也信神，也信人，觉得这世界上有许多事得交把"神"，又简捷，又省事。不过有些问题神处理不了，可就得人来努力了。人肯好好的做下去，天大难事也想得出结果；办不了呢，再归还给神。如其他手足贴近土地的人民一样，处处尽人事而处处信天命，生命处处显出愚而无知，同时也处处见出接近了一个"道"字。冬生在这么一个母亲身边，从看牛，割草，捡菌子，和其他农村子弟生活方式中慢慢长大了，却长得壮实健康，机灵聪敏，只读过一年小学校，便会写一笔小楷字，且懂得一点公文程式。作公丁收入本不多，惟穿吃住已不必操心，此外每月还有一箩净谷子，一点点钱，这份口粮捎回作家用，杨大娘生活因之也就从容得多。且本村二百五十户人家，有公职身份公份收入阶级总共不过四五人，除保长队长和那个师爷外，就只那两个小学教员。所以冬生的地位，也就值得同村小伙子羡慕而乐意得到它。职务在收入外还有个抽象价值，即抽丁免役，且少受来自城中军政各方的经常和额外摊派。凡是生长于同式乡村中的人，都知道上头的摊派法令，一年四季如何轮流来去，任何人都挡不住，任何人都不可免，惟有吃公事饭的人，却不大相同。正如村中一脚踢凡事承当的大队长，派人筛锣传口信集合父老于药王宫开会时，虽明说公事公办，从大户摊起，自己的磨坊，油坊，以及在场上的糟坊，统算在内，一笔数目比别人照例出的多，且愁眉不展的感到周转不灵，事实上还得出子利举债。可是村子里人却只见到队长上城回来时，总带了些文明玩意儿，或换了顶呢毡帽，或捎了个洋水笔，遇个公证画押事情，多数公民照例按指纹画十字，少数盖章，大队长却从中山装胸间口袋拔出那亮晃晃圆溜溜宝贝，写上自己的名字，已够使人惊奇，一问价钱数目才更吓人，原来比一只耕牛还贵！像那么做穷人，谁不乐意！冬生随同大队长的大白骡子来去县城里，一年不免有五七次，知识见闻自比其他乡下人丰富。加上母子平时的为人，因此也赢得一种不同地位。而这地位为人承认表示得十分明显，即几个小地主家有十二三岁的小闺女的，都乐意招那么一个小伙子作上门女婿。

村子去县城已五十里，离官路也在三里外。地方不当冲要，不曾驻过兵。因为有两口好井泉，长年不绝的流，营卫了一坝好田。田坝四周又全是一列小山围住，山坡上种满桐茶竹漆，村中规约好，不乱砍伐破山，不偷水争水，地方由于长期安定，形成的一种空气，也自然和普通破落农村不同。凡事有个规矩，虽由于这个长远习惯的规矩，在经济上有人占了些优势，于本村成为长期统治者，首事人。也即因此另外有些人就不免世代守住佃户资格，或半流动性的长工资格，生活在被支配状况中。但两者生存方式，还是相差不太多，同样得手足贴近土地，参加劳动生产，没有人袖手过日子。惟由此相互对照生活下，依然产生了一种游离分子，亦即乡村革命分子。这种人的长成都若有个公式：小时候作顽童野孩子，事事想突破一乡公约，砍砍人家竹子做钓竿，摘摘人家园圃橘柚解渴，偷放人田中水捉鱼，或从他人装置的网罛中取去捉住的野兽。自幼即有个不劳而获的发明，且凡事作来相当顺手。长大后，自然便忘不了随事占便宜。浪漫情绪一扩张，即必然从农民身份一变而成为游玩。社会还稳定，英雄无用武之地，不能成大气候，就在本村子里街头开个小门面，经常摆桌小牌抽点头，放点子母利。相熟方面多，一村子人事心中一本册，知道谁有势力谁无财富，就向那些有钱无后的寡妇施点小讹诈。平时既无固定生计，又不下田，四乡逢场时就飘场放赌。附近三十里每个村子里都有二三把兄弟，平时可以吃吃喝喝，困难时也容易相帮相助。或在猪牛买卖上插了句嘴，成交时便可从经纪方面分点酒钱，落笔小油水。什么村子里有大戏，必参加热闹，和掌班若有交情，开锣封箱必被邀请坐席吃八大碗，打加官叫出名姓，还得做面子出个包封。新来年青旦角想成名，还得和他们周旋周旋，靠靠灯，方不会凭空为人抛石头打彩。出了事，或得罪了当地要人，或受了别的气扫了面子，不得不出外避风浪换码头，就挟了个小小包袱，向外一跑，更多的是学薛仁贵投军，自然从此就失踪了。若是个女的呢？情形就稍稍不同。生命发展与突变，影响于黄毛丫头时代的较少，大多数却和成年前后的性青春期有关。或为传统压住，挣扎无从，即发疯自杀。或突过一切有形无形限制，独行其是，即必然是随人逃走。惟结果总不免依然在一悲剧性方式中收场。

但近二十年社会既长在变动中，二十年内战自残自黩的割据局面，分解了农村社会本来的一切。影响到这小地方，也自然明白易见。乡村游侠情绪和某种社会现实知识一接触，使得这个不足三百户人家村子里，多有了三五十支杂色枪，和十来个退伍在役的连排长，以及二三更高级更复杂些的人物。这些人多近于崭新的一阶级，即求生存已脱离手足勤劳方式，而近于一个寄食者。有家有产的可能成为"土豪"，无根无柢的又可能转为"土匪"，而两者又必有个共同的趋势，即越来越与人民土地隔绝，却学会了世故和残忍。尤其是一些人学得了玩武器的技艺，干大事业又无雄心和机会，回转家乡当然就只能作点不费本钱的买卖，且于一种新的生活方式中，产生一套现实哲学。这体系虽不曾有人加以文字叙述，事实上却为极多数会玩那个愚而无知的人物所采用。永远有个"不得已"作借口，于是绑票种烟都成为不得已。会合了各种不得已而作成的堕落，便形成了后来不祥局面的扩大继续。但是在当时那类乡村中，却激发了另外一方面的自卫本能，即大户人家的对于保全财富进一步的技能。一面送子侄入军校，一面即集款购枪，保家保乡土，事实上也即是保护个人的特别权益。两者之间当然也就有了斗争，有流血事继续发生，而结怨影响到累世。这二十年一种农村分解形式，亦正如大社会在分解中情形一样，许多问题本若完全对立，却到处又若有个矛盾的调合，在某种情形中，还可望取得一时的平衡。一守固定的土地，和大庄院，油坊或榨坊糟坊，一上山落草；共同却用个"家边人"名词，减少了对立与磨擦，各行其是，而各得所需。这事看来离奇又十分平常，为的是整个社会的矛盾的发展与存在，即与这部分的情形完全一致。国家重造的设计，照例多疏忽了对于这个现实爬梳分析的过程，结果是一例转入悲剧，促成战争。这小村子所在地，既为比较偏远边僻的某省西部，地方对"特货"一面虽严厉禁止，一面也抽收税捐，在这么一个情形下，地

巧秀和冬生

方特权者的对立，乃常常因"利益平分"而消失。地方不当官路却宜于走私，烟土和盐巴的对流，支持了这个平衡的对立。对立既然是一种事实，各方面武器转而好像都收藏下来不见了。至少出门上路跑差事的人，求安全，徒手反而比带武器来得更安全，过关入寨，一个有衔名片反而比带一枝枪更省事。

冬生在局里作事，间或得出出差，不外引导烟土下行或盐巴旁行。路不需出界外，所以对于这个工作也就简单十分。时当下午三点左右，照习惯送了两个带特货客人从界内小路过××县境。出发前，还正和我谈起巧秀问题。一面用棕衣包脚，一面托我整理草鞋后跟和耳绊。

我逗弄他说："冬生，巧秀跑了，那清早大队长怎不派你去追她回来？"

"人又不是溪水，用闸那关得住。人可是人！追上了也白追。"

"人正是人，那能忘了大队长老太太恩情？还有师爷，磨坊，和那个溪水上游的钓鱼堤坝，怎么舍得？"

"磨坊又不是她的财产。你从城里来，你欢喜。我们可不。巧秀心窍子通了，就跟人跑了，有仇报仇，有恩报恩，这笔账要明天再算去了。"

"她自己会回不回来？"

"回来吗？好马不吃回头草，那有长江水倒流。"

"我猜想她总在几个水码头边落脚，不会飞到海外天边去，要找她一定找得回来。"

"打破了的坛子，不要了！"

"不要了吗？你舍得我倒舍不得，她很好！"

我的结论既似真非真，倒引起了冬生的注意。他于是也似真非真的向我说:"你欢喜她,我见她一定会告她,她会给你做个绣花抱肚,里面还装满亲口嗑的南瓜子仁。可惜你又早不说,师爷也能帮你忙!"

"早不说吗?我一来就只见过她一面。来到这村子里只一个晚上,第二早天刚亮,她就跟人跑了!"

"那你又怎么不追下去?下河码头熟,你追去好!"

"我原本只是到这里来和你大队长打猎,追麂子狐狸兔子,想不到还有这么一种山里长大的东西!"

这一切自然都是笑话,已过四十岁师爷听到我说的话,比不到十五岁冬生听来的意义一定深刻得多。因此也搭话说:"凡事要慢慢的学,我们这地方,草草木木都要慢慢的才认识,性质通通不同的!"

冬生走后约一点钟,杨大娘却两脚黄泥到了团防局。师爷和我正在一窠新孵出的小鸡边,点数那二十个小小活动黑白毛毛团。一见杨大娘那两脚黄泥,和提篮中的东西,就知道是从场上回来的。"大娘,可是到新场办年货?你冬生出差去了,今天歇尖岩村,明天才能回来。可有什么事情?"

杨大娘摸一摸提篮中那封点心:"没有什么事。"

"你那笋壳鸡上了孵没有?"

"我那笋壳鸡上城做客去了。"杨大娘点一点搁在膝头上的提篮中物,计大雪枣一斤,刀头肉半斤,元青鞋面布一双,香烛纸张……

问一问,才知道原来当天是冬生满十四岁的生庚日。杨大娘早就弯指头把日子记在心上,恰值雅拉营逢场,犹自嘀咕了好几个日子,方下决心,把那预备上孵的二十四个大白鸡蛋从箩筐中一一取出,谨慎小心放入垫有糠壳的提篮里,捉好鸡,套上草鞋,到场上去和城里人打交道。虽下决心那么作,走到相去五里的场上,倒像原不过只是去玩玩,看看热闹,并不需要发生别的事情。因为鸡在任何农村都近于那人家属之一员,顽皮处和驯善处,对于生活孤立的老妇人,更不免寄托了一点热爱,作为使生活稍有变化的可怜简单的梦。所以到得人马杂沓黄泥四溅的场坪中转来转去等待主顾时,杨大娘自己即老以为这不会是件真事情。有人问价时,就故意讨个高过市价一半的数目,且作成"你有钱我有货,你不买我不卖"对立神气,不即脱手。因为要价高,城里来的老鸡贩,稍微揣揣那母鸡背脊,不还价,这一来,杨大娘必作成对于购买者有眼不甚识货轻蔑神气,瞥瞥嘴,掉过头去不作理会。凡是鸡贩子都懂得乡下妇人心理,从卖鸡人的穿着上即可明白,以为时间早,不忙收货,见要价特别高的,想故意气一气她,就还个起码数目。且激激她说:"什么八宝精,值那样多!"杨大娘于是也提着气,学作厉害十分样子:"你还的价钱只能买豆腐吃。"且像那个还价数目不仅侮辱本人,还侮辱了身边那只体面肥母鸡,怪不过意,因此掉转身,抚抚鸡毛,拍拍鸡头,好像向鸡声明:"再过一刻钟我们就回家去,我本来就只是玩玩的!"那只母鸡也像完全明白自己身份,和杨大娘的情绪,闭了闭小红眼睛,只轻轻的在喉间"骨骨"哼两声,且若完全同意杨大娘的打算。两者之间又似乎都觉得"那不算什么,等等我们就回去,我真乐意回去,一切照旧"。

到还价已够普通标准时,有认得她的熟人,乐于圆成其事,必在旁插嘴:"添一点,就卖了。这鸡是吃包谷长大的,油水多!"待主顾掉头时,又轻轻的告杨大娘,"大娘要卖也放得手了。这回城里贩子来得多,也出得起价。若到城里去,还卖不到这个数目!"因为那句要卖得放手,和杨大娘心情冲突,所以回答那个好意却是:

"你卖我不卖，我又不等钱用。"

或者什么人说："不等钱用你来作什么？没得事作来看水鸭子打架，作个公证人？肩膊松，怎不扛扇石磨来？"

杨大娘看看，搜寻不出谁那么油嘴油舌，不便发作，只轻轻的骂着："悖时不走运的，你妈你婆才扛石磨上场玩！"

事情相去十五六年，石磨的用处，本乡人知道的已不多了。

……那有不等钱用这么十冬腊月抱鸡来场上喝风的人？事倒凑巧，因为办年货城里需要多，临到末了，杨大娘竟意外胜利，卖的钱比自己所悬想的还多些。钱货两清后，杨大娘转入各杂货棚边去，从各种叫嚷，赌咒，争持，交易方式中，换回了提篮所有。末了且像自嘲自诅，还买了四块豆腐，心中混合了一点儿平时没有的怅惘，疲劳，喜悦和朦胧期待，从场上赶回村子里去。在回家路上，必看到有村子里人用葛藤缚住小猪的颈脖，赶着小畜生上路的，也看到有人用竹箩背负这些小猪上路的，使她想起冬生的问题。冬生二十岁结婚一定得用四只猪，这是六年后事情。她要到团防局去找冬生，给他个大雪枣吃，量一量脚看鞋面布够不够，并告冬生一同回家去吃饭，吃饭前点香烛向祖宗磕磕头。冬生的爹死去整十年了。

杨大娘随时都只想向人说："杨家的香火，十四岁，你们以为孵一窝鸡，好容易事！他爹去时留下一把镰刀，一副连枷……你不明白我好命苦！"到此眼睛一定红红的，心酸酸的。可能有人会劝慰说："好了，现在好了，杨大娘，八十一难磨过，你苦出头了！冬生有出息，队长答应送他上学堂。回来也会做队长！一子双挑讨两房媳妇，王保长闺女八铺八盖陪嫁，装烟倒茶都有人，你还愁什么？……"

事实上杨大娘其时却笑笑的站在师爷的鸡窝边，看了一会儿小鸡。

巧秀和冬生

可能还关心到卖去的那只鸡和二十四个鸡蛋的命运，因此用微笑覆盖着，不让那个情绪给城里人发现。天气已晚下来了。正值融雪，赶场人太多，田坎小路已踏得稀糊子烂，怪不好走。药王宫和村子相对，隔了个半里宽田坝，还有两道灌满融雪水活活流注的小溪，溪上是个独木桥。大娘心想："冬生今天已回不了局里，回不了家。"似乎对于提篮中那包大雪枣"是不是应当放在局里交给师爷？"问题迟疑了一会儿，末后还是下了决心，提起篮子，就走了。我们站在庙门前石栏干边，看这个肩背已偻的老妇人，一道一道田坎走去。

时间大约五点半，村子中各个人家炊烟已高举，先是一条一条孤独直上，各不相乱。随后却于一种极离奇情况下，一齐崩坍下来，展宽成一片一片的乳白色湿雾。再过不多久，这个湿雾便把村子包围了，占领了。杨大娘如何作她那一顿晚饭，是不易形容的。灶房中冷清了好些，因为再不会有一只鸡跳上砧板争啄菠菜了。到时还会抓一把米头去喂鸡，始明白鸡已卖去。一定更不会料想到，就在这一天，这个时候，离开村子十五里的红岩口，冬生和那两个烟贩，已被人一起掳去。

我那天晚上，却正和团防局师爷在一盏菜油灯下大谈《聊斋志异》，以为那一切都是古代传奇，不会在人间发生。师爷喝了一杯酒话多了点，明白我对青凤黄英的向往，也明白我另外一种弱点，便把巧秀母亲故事告给我。且为我出主张，不要再读书。并以为住在任何高楼上，都不如坐在一只简单小船上，更容易有机会和那些使二十岁小伙子心跳的奇迹碰头！他的本意只是要我各处走走，不必把生活固定到一个小地方，或一件小小问题得失上。不意竟招邀我上了另外一只他曾坐过的小船。

我仿佛看到那只向长潭中桨去的小船，仿佛即稳坐在那只小船上，仿佛有人下了水，船已掉了头。……水天平静，什么都完事了。一切东西都不怎么坚牢，只有一样东西能真实的永远存在，即从那个小寡妇一双明亮，温柔，饶恕了一切带走了爱的眼睛中看出去，所看到的那一片温柔沉静的黄昏暮色，以及两个船桨搅碎水中的云影星光。巧秀已经逃走半个月，巧秀的妈沉在溪口长潭中已十六年。

　　一切事情还没有完结，只是一个起始。

一九四七年三月末北平

辑四

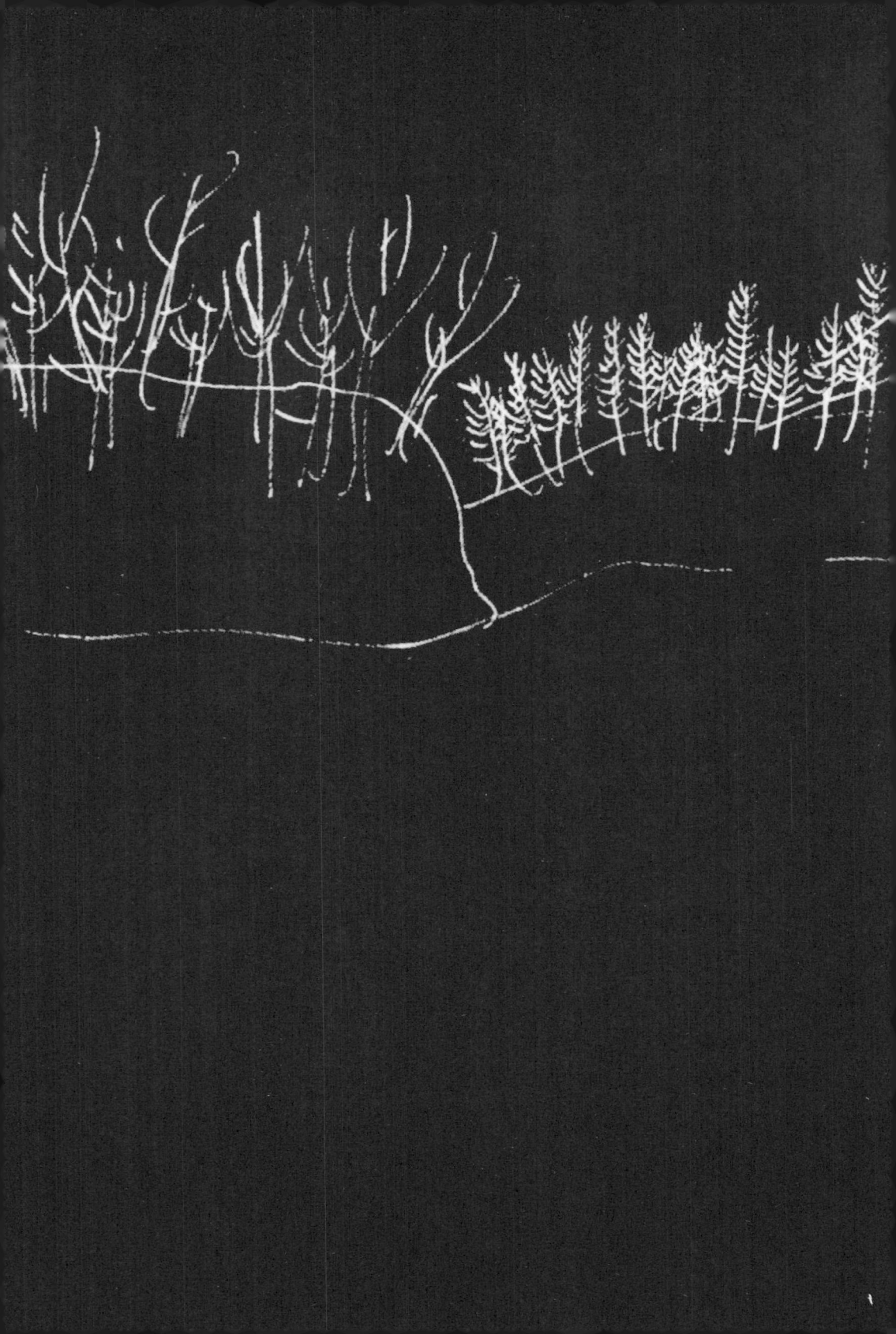

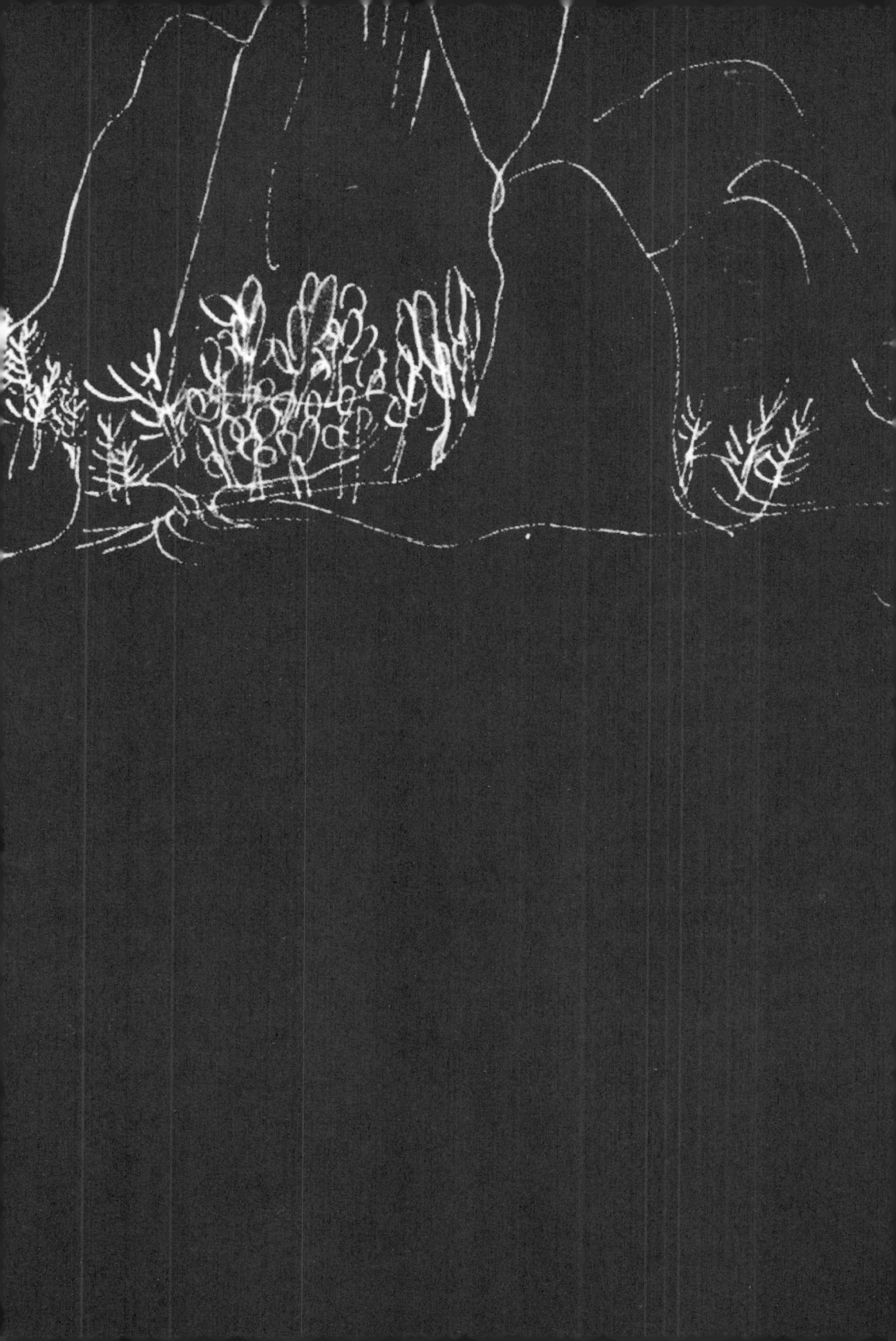

月下小景

本篇发表于 1933 年 2 月 1 日《东方杂志》第 30 卷第 3 号。署名沈从文。

初八的月亮圆了一半，很早就悬到天空中。傍了××省边境由南而来的横断山脉长岭脚下，有一些为人类所疏忽历史所遗忘的残余种族聚集的山砦。他们用另一种言语，用另一种习惯，用另一种梦，生活到这个世界一隅，已经有了许多年。当这松杉挺茂嘉树四合的山砦，以及砦前大地平原，整个为黄昏占领了以后，从山头那个青石碉堡向下望去，月光淡淡的洒满了各处，如一首富于光色和谐雅丽的诗歌。山砦中，树林角上，平田的一隅，各处有新收的稻草积，以及白木作成的谷仓。各处有火光，飘扬着快乐的火焰，且隐隐的听得着人语声，望得着火光附近有人影走动。官道上有马项铃清亮细碎的声音，有牛项下铜铎沉静庄严的声音。从田中回去的种田人，从乡场上回家的小商人，家中莫不有一个温和的脸儿，等候在大门外，厨房中莫不预备有热腾腾的饭菜，与用瓦罐炖热的家酿烧酒。

　　薄暮的空气极其温柔，微风摇荡，大气中有稻草香味，有烂熟了山果香味，有甲虫类气味，有泥土气味。一切在成熟，在开始结束一个夏天阳光雨露所及长养生成的一切。一切光景具有一种节日的欢乐情调。

　　柔软的白白月光，给位置在山岨上石头碉堡，画出一个明明朗朗的轮廓，碉堡影子横卧在斜坡间，如同一个巨人的影子。碉堡缺口处，迎月光的一面，倚着本乡寨主独生儿子傩佑；傩神所保佑的儿子，身体靠定石墙，眺望那半规新月，微笑着思索人生苦乐。

"……人实在值得活下去，因为一切那么有意思，人与人的战争，心与心的战争，到结果皆那么有意思，无怪乎本族人有英雄追赶日月的故事。因为日月若可以请求，要它停顿在那儿时，它便停顿，那就更有意思了。"

这故事是这样的：第一个××人，用了他武力同智慧得到人世一切幸福时，他还觉得不足，贪婪的心同天赋的力，使他勇往直前去追赶日头，找寻月亮，想征服主管这些东西的神，勒迫它们在有爱情和幸福的人方面，把日子去得慢一点，在失去了爱心为忧愁失望所啮蚀的人方面，把日子又去得快一点。结果这贪婪的人虽追上了日头，却被日头的热所烤炙，在西方大泽中就渴死了。至于日月呢，虽知道了这是人类的欲望，却只是万物中之一的欲望，故不理会。因为神是正直的，不阿其所私的，人在世界上并不是唯一的主人，日月不单为人类而有。日头为了给一切生物的热和力，月亮为了给一切虫类唱歌，用这种歌声与银白光色安息劳碌的大地。日月虽仍然若无其事的照耀着整个世界，看着人类的忧乐，看着美丽的变成丑恶，又看着丑恶的称为美丽，但人类太进步了一点，比一切生物智慧较高，也比一切生物更不道德。既不能用严寒酷热来困苦人类，又不能不将日月照及人类，故同另一主宰人类心之创造的神，想出了一个办法，就是使此后快乐的人越觉得日子太短，使此后忧愁的人越觉得日子过长，人类既然凭感觉来生活，就在感觉上加给人类一种处罚。

这故事有作为月神与恶魔商量结果的传说，就因为恶魔是在夜间出世的。人皆相信这是月亮作成的事，与日头毫无关系。凡一切人讨论光阴去得太快，或太慢时，却常常那么诅咒："日子，滚你的去吧。"痛恨日头而不憎恶月亮，土人的解释，则为人类性格中，慢慢的已经神性渐少，恶性渐多。另外就是月光较温柔，和平，给人以智慧的冷静的光，却不给人以坦白直率的热，因此普遍生物皆欢喜月光，人类中却常常诅咒日头。约会恋人的，走夜路的，作夜工的，皆觉得月光比日光较好。在人类中讨厌月光的只是盗贼，本地方土人中却无盗贼，也缺少这个名词。

这时节，这一个年纪还刚只满二十一岁的砦主独生子，由于本身的健康，以及从另一方面所获得的幸福，对头上的月光正满意的会心微笑，似乎月光也正对了他微笑。傍近他身边，有一堆白色东西。这是一个女孩子，把她那长发散乱的美丽头颅，靠在这年青人的大腿上，把它当作枕头安静无声的睡着。女孩子一张小小的尖尖的白脸，似乎被月光漂过的大理石，又似乎月光本身。一头黑发，如同用冬天的黑夜作为材料，由盘据在山洞中的女妖亲手纺成的细纱。眼睛，鼻子，耳朵，同那一张产生幸福的泉源的小口，以及颊边微妙圆形的小涡，如本地人所说的接吻之巢窝，无一处不见得是神所着意成就的工作。一微笑，一眨眼，一转侧，都有一种神性存乎其间。神同魔鬼合作创造了这样一个女人，也得用侍候神同对付魔鬼的两种方法来侍候她，才不委屈这个生物。

女人正安安静静的躺在他的身边，一堆白色衣裙遮盖到那个修长丰满柔软溢香的身体，这身体在年轻人记忆中，只仿佛是用白玉，奶酥，果子同香花，调和削筑成就的东西。两人白日里来此，女孩子在日光下唱歌，在黄昏里与落日一同休息，现在又快要同新月一样苏醒了。

　　一派清光洒在两人身上，温柔的抚摩着睡眠者全身。山坡下是一部草虫清音繁复的合奏。天上那半规新月，似乎在空中停顿着，长久还不移动。

　　幸福使这个孩子轻轻的叹息了。

　　他把头低下去，轻轻的吻了一下那用黑夜搓成的头发，接近那魔鬼手段所成就的东西。

　　远处有吹芦管的声音。有唱歌声音。身近旁有斑背萤，带了小小火把，沿了碉堡巡行，如同引导得有小仙人来参观这古堡的神气。

　　当地年青人中唱歌圣手的傩佑，唯恐惊了女人，惊了萤火，轻轻的轻轻的唱：

　　　　龙应当藏在云里，
　　　　你应当藏在心里。
　　　　…………

　　女孩子在迷胡梦里，把头略略转动了一下，在梦里回答着：

　　　　我灵魂如一面旗帜，
　　　　你好听歌声如温柔的风。

　　他以为女孩子已醒了，但听下去，女人把头偏向月光又睡去了。于是又接着轻轻的唱道：

210

人人说我歌声有毒，
一首歌也不过如一升酒使人沉醉一天，
你那傅了蜂蜜的言语，
一个字也可以在我心上甜香一年。

女孩子仍然闭了眼睛在梦中答着：

不要冬天的风，不要海上的风，
这旗帜受不住狂暴大风。
请轻轻的吹，轻轻的吹；
（吹春天的风，温柔的风，）
把花吹开，不要把花吹落。

小砦主明白了自己的歌声可作为女孩子灵魂安宁的摇篮，故又接着轻轻的唱道：

有翅膀鸟虽然可以飞上天空，
没有翅膀的我却可以飞入你的心里。
我不必问什么地方是天堂，
我业已坐在天堂门边。

女孩又唱：

身体要用极强健的臂膀搂抱，

灵魂要用极温柔的歌声搂抱。

砦主的独生子傩佑，想了一想，在脑中搜索话语，如同宝石商人在口袋中搜索宝石。口袋中充满了放光眩目的珠玉奇宝，却因为数量太多了一点，反而选不出那自以为极好的一粒，因此似乎受了一点儿窘。他觉得神祇创造美和爱，却由人来创造赞誉这神工的言语。向美说一句话，为爱下一个注解，要适当合宜，不走失感觉所及的式样，不是一个平常人的能力所能企及。

"这女孩子值得用龙朱的爱情装饰她的身体，用龙朱的诗歌装饰她的人格。"他想到这里时，觉得有点惭愧了，口吃了，不敢再唱下去了。

歌声作了女孩子睡眠的摇篮，所以这女孩子才在半醒后重复入梦。歌声停止后，她也就惊醒了。

他见到女孩子醒来时，就装作自己还在睡眠，闭了眼睛。女孩从日头落下时睡到现在，精神已完全恢复过来，看男子还依靠石墙睡着，担心石头太冷，把白披肩搭到男子身上去后，傍了男子靠着。记起睡时满天的红霞，望到头上的新月，便轻轻的唱着，如母亲唱给小宝宝听催眠歌。

睡时用明霞作被，
醒来用月儿点灯。

砦主独生子哧的笑了。
"……"
"……"

四只放光的眼睛互相瞅定,各安置一个微笑在嘴角上,微笑里却写着白日中两个人的一切行为,两人似乎皆略略为先前一时那点回忆所羞了,就各自向身旁那一个紧紧的挤了一下,重新交换了一个微笑,两人发现了对方脸上的月光那么苍白,于是齐向天上所悬的半规新月望去。

远远的有一派角声与锣鼓声,为田户巫师禳土酬神所在处,两人追寻这快乐声音的方向,于是向山下远处望去。远处有一条河。

"没有船舶不能过那条河,没有爱情如何过这一生?"

"我不会在那条小河里沉溺,我只会在你这小口上沉溺。"

两人意思仍然写在一种微笑里,用得是那么暧昧神秘的符号,却使对面一个从这微笑里明明白白,毫不含糊。远处那条长河,在月光下蜿蜒如一条带子,白白的水光,薄薄的雾,增加了两人心上的温暖。

女孩子说到她梦里所听的歌声,以及自己所唱的歌,还以为他们两人皆在梦里。经小砦主把刚才的情形说明白时,两人笑了许久。

女孩子天真如春风,快乐如小猫,长长的睡眠把白日的疲倦完全恢复过来,因此在月光下,显得如一尾鱼在急流清溪里。

只想说话,全是说那些远无边际的,与梦无异的,年青情人在狂热中所能说的糊涂话蠢话皆完全说到了。

小砦主说:

"不要说话,让我好在所有的言语里,找寻赞美你眉毛头发美丽处的言语!"

"说话呢,是不是就妨碍了你的谄谀?一个有天分的人,就是谄谀也显得不缺少天分!"

"神是不说话的。你不说话时像……"

213

月下小景

"还是做人好！你的歌中也提到做人的好处！我们来活活泼泼的做人，这才有意思！"

"我以为你不说话就像何仙姑的亲姊妹了。我希望你比你那两个姐姐还稍呆笨一点。因为得呆笨一点，我的言语字汇里，才有可以形容你高贵处的文字。"

"可是，你曾同我说过，你也希望你那只猎狗敏捷一点。"

"我希望它灵活敏捷一点，为的是在山上找寻你比较方便，为我带信给你时也比较妥当一点。"

"希望我笨一点，是不是也如同你希望羚羊稍笨一样，好让你嗾使那只猎狗咬我时，不至于使我逃脱？"

"好的音乐常常是复音，你不妨再说一句。"

"我记得到你也希望羚羊稍笨过。"

"羚羊稍笨一点，我的猎狗才可以赶上它，把它捉回来送你。你稍笨一点，我才有相当的话颂扬你！"

"你口中体面话够多了，你说说你那些感觉给我听听，说谎若比真实更美丽，我愿意听你那些美丽的谎话。"

"你占领我心上的空间，如同黑夜占领地面一样。"

"月亮起来时，黑暗不是就只占领地面空间很小很小一部分了吗？"

"月亮照不到人心上的。"

"那我给你的应当也是黑暗了。"

"你给我的是光明，但是一种眩目的光明，如日头似的逼人熠耀。你使我糊涂。你使我卑陋。"

"其实你是透明的，从你选择诣谀时，证明你的心现在还是透明的。"

"清水里不能养鱼,透明的心也一定不能积存辞藻。"

"江中的水永远流不完,心中的话永远说不完:不要说了。一张口不完全是说话用的!"

两人为嘴唇找寻了另外一种用处,沉默了一会。两颗心同一的跳跃,望着做梦一般月下的长岭,大河,砦堡,田坪。芦管声音似乎为月光所湿,音调更低郁沉重了一点。砦中的角楼,第二次擂了转更鼓,女孩子听到时,忽然记起了一件事。把小砦主那颗年青聪慧的头颅捧到手上,眼眉口鼻吻了好些次数,向小砦主摇摇头,无可奈何低低的叹了一声气,把两只手举起,跪在小砦主面前来梳理头上散乱了的发辫,意思想站起来,预备要走了。

小砦主明白那意思了,就抱了女孩子,不许她站起身来。

"多少萤火虫还知道打了小小火炬游玩,你忙些什么?走到什么地方去!"

"一颗流星自有它来去的方向,我有我的去处。"

"宝贝应当收藏在宝库里,你应当收藏在爱你的那个人家里。"

"美的都用不着家:流星,落花,萤火,最会鸣叫的蓝头红嘴绿翅膀的王母鸟,也都没有家的。谁见过人蓄养凤凰呢?谁能束缚着月光呢?"

"狮子应当有它的配偶,把你安顿到我家中去,神也十分同意!"

"神同意的人常常不同意。"

"我爸爸会答应我这件事,因为他爱我。"

"因为我爸爸也爱我,若知道了这件事,会把我照××族人规矩来处置。若我被绳子缚了沉到地眼里去时,那地方接连四十八根箩筐绳子还不能到底,死了做鬼也找不出路来看你,活着做梦也不能辨别

215

月下小景

方向。"

女孩子是不会说谎的，××族人的习气，女人同第一个男子恋爱，却只许同第二个男子结婚。若违反了这种规矩，常常把女子用石磨捆到背上，或者沉入潭里，或者抛到地窟窿里。习俗的来源极古，过去一个时节，应当同别的种族一样，有认处女为一种有邪气的东西，地方酋长既较开明，巫师又因为多在节欲生活中生活，故执行初夜权的义务，就转为第一个男子的恋爱。第一个男子因此可以得到女人的贞洁，就不能够永远得到她的爱情。若第一个男子娶了这女人，似乎对于男子也十分不幸。迷信在历史中渐次失去了本来的意义，习俗保持了古代规矩下来。由于××守法的天性，故年青男女在第一个恋人身上，也从不作那长远的梦。"好花不能长在，明月不能长圆，星子也不能永远放光"，××人歌唱恋爱，因此也多忧郁感伤气分。常常有人在分手时感到"芝兰不易再开，欢乐不易再来"，两人悄悄逃走的。也有两人携了手沉默无语的一同跳到那些在地面张着大嘴，死去了万年的火山孔穴里去的。再不然，冒险的结了婚，到后被查出来时，就应当把女的向地狱里抛去那个办法了。

当地女孩子因为这方面的习俗无法除去，故一到成年家庭即不大加以拘束，外乡人来到本地若喜悦了什么女子，使女子献身总十分容易。女孩子明理懂事一点的，一到了成年时，总把自己最初的贞操，稍加选择就付给了一个人，到后来再同第二个钟情的男子结婚。男子中明理懂事的，业已爱上某个女子，若知道她还是处女，也将尽这女子先去找寻一个尽义务的爱人，再来同女子结婚。

但这些魔鬼习俗不是神所同意的。年青男女所作的事，常常与自然的神意合一，容易违反风俗习惯。女孩子总愿意把自己整个交付给一个所倾心的男孩子，男子到爱了某个女孩时，也总愿意把整个的自己换回整个的女子。风俗习惯下虽附加了一种严酷的法律，在这法律下牺牲的仍常常有人。

女孩子遇到了这砦主独生子，自从春天山坡上黄色棣棠花开放时，即被这男子温柔缠绵的歌声与超人壮丽华美的四肢所征服，一直延长到秋天，还极其纯洁的在一种节制的友谊中恋爱着。为了狂热的爱，且在这种有节制的爱情中，两人皆似乎不需要结婚，两人中谁也不想到照习惯先把贞操给一个人蹂躏后再来结婚。

但到了秋天，一切皆在成熟，悬在树上的果子落了地，谷米上了仓，秋鸡伏了卵，大自然为点缀了这大地一年来的忙碌，还在天空中涂抹华丽的色泽，使溪涧澄清，空气温暖而香甜，且装饰了遍地的黄花，以及在草木枝叶间傅上与云霞同样的眩目颜色。一切皆布置妥当以后，便应轮到人的事情了。

秋成熟了一切，也成熟了两个年青人的爱情。

两人同往常任何一天相似，在约定的中午以后，在这古碉堡上见面了。两人共同采了无数野花铺到所坐的大青石板上，并肩的坐在那里，山坡上开遍了各样草花，各处是小小蝴蝶，似乎对每一朵花皆悄悄嘱咐了一句话。向山坡下望去，入目远近皆异常恬静美丽。长岭上有割草人的歌声，村砦中有为新生小犊作栅栏的斧斤声，平田中有拾穗打禾人快乐的吵骂声。天空中白云缓缓的移，从从容容的动，透蓝的天底，一阵候鸟在高空排成一线飞过去了，接着又是一阵。

两个年青人用山果山泉充了口腹的饥渴，用言语微笑喂着灵魂的饥渴。对目光所及的一切唱了上千首的歌，说了上万句的话。

日头向西掷去，两人对于生命感觉到一点点说不分明的缺处。黄昏将近以前，山坡下小牛的鸣声，使两人的心皆发了抖。

神的意思不能同习惯相合，在这时节已不许可人再为任何魔鬼作成的习俗加以行为的限制。理知即或是聪明的，理知也毫无用处。两人皆在忘我行为中，失去了一切节制约束行为的能力，各在新的形式下，得到了对方的力，得到了对方的爱，得到了把另一个灵魂互相交换移入自己心中深处的满足。到后来，于是两个人皆在战栗中昏迷了，喑哑了，沉默了，幸福把两个年青人在同一行为上皆弄得十分疲倦，终于两人皆睡去了。

男子醒来稍早一点，在回忆幸福里浮沉，却忘了打算未来。女孩子则因为自身是女子，本能的不会忘却当地人对于女子违反这习俗的赏罚，故醒来时，也并未打算到这砦主的独生子会要她同回家去，两人的年龄还皆只适宜于生活在夏娃亚当所住的乐园里，不应当到这"必需思索明天"的世界中安顿。

但两人业已到了向所生长的一个地方一个种族的习俗负责时节了。

"爱难道是同世界离开的事吗？"新的思索使小砦主在月下沉默如石头。

女孩子见男子不说话了，知道这件事正在苦恼到他，就装成快乐的声音，轻轻的喊他，恳切的求他，在应当快乐时放快乐一点。

××人唱歌的圣手，
请你用歌声把天上那一片白云拨开。
月亮到应落时就让它落去，
现在还得悬在我们头上。

天上的确有一片薄云把月亮拦住了，一切皆朦胧了。两人的心皆比先前黯淡了一些。砦主独生子说：

我不要日头，可不能没有你。
我不愿做帝称王，却愿为你作奴当差。

女孩子说：
"这世界只许结婚不许恋爱。"
"应当还有一个世界让我们去生存，我们远远的走，向日头出处远远的走。"
"你不要牛，不要马，不要果园，不要田土，不要狐皮褂子同虎皮坐褥吗？"
"有了你我什么也不要了。你是一切：是光，是热，是泉水，是果子，是宇宙的万有。为了同你接近，我应当同这个世界离开。"

两人就所知道的四方各处想了许久，想不出一个可以容纳两人的地方。南方有汉人的大国，汉人见了他们就当生番杀戮，他不敢向南方走。向西是通过长岭无尽的荒山，虎豹所据的地面，他不敢向西方走。向北是本族人的地面，每一个村落皆保持同一魔鬼所颁的法律，对逃亡人可以随意处置。只有东边是日月所出的地方，日头既那么公正无私，照理说来日头所在处也一定和平正直了。

但一个故事在小砦主的记忆中活起来了，日头曾炙死了第一个××人，自从有这故事以后，××人谁也不敢向东追求习惯以外的生活。××人有一首历史极久的歌，那首歌把求生的人所不可少的欲望，真的生命意义却结束在死亡里，都以为若贪婪这"生"，只有

"死"才能得到。战胜命运只有死亡，克服一切惟死亡可以办到。最公平的世界不在地面，却在空中与地底：天堂地位有限，地下宽阔无边。地下宽阔公平的理由，在××人看来是可靠的，就因为从不听说死人愿意重生，且从不闻死人充满了地下。××人永生的观念，在每一个人心中皆坚实的存在。孤单的死，或因为恐怖不容易找寻他的爱人，有所疑惑，同时去死皆是很平常的事情。

砦主的独生子想到另外一个世界，快乐的微笑了。

他问女孩子，是不是愿意向那个只能走去不再回来的地方旅行。

女孩子想了一下，把头仰望那个新从云里出现的月亮。

水是各处可流的，
火是各处可烧的，
月亮是各处可照的，
爱情是各处可到的。

说了，就躺到小砦主的怀里，闭了眼睛，等候男子决定了死的接吻。砦主的独生子，把身上所佩的小刀取出，在镶了宝石的空心刀靶上，从那小穴里取出如梧桐子大小的毒药，含放到口里去，让药融化了，就度送了一半到女孩子嘴里去。两人快乐的咽下了那点同命的药，微笑着，睡在业已枯萎了的野花铺就的石床上，等候药力发作。

月儿隐在云里去了。

黄罗寨故事
二十一年九月二十二在青岛写成

媚金·豹子·与那羊

本篇发表于 1929 年 1 月 20 日《人间》创刊号。
署名沈从文。

不知道麻梨场麻梨的甜味的人，告他白脸的女人唱的歌是如何好听也是空话。听到摇橹的声音觉得很美是有人。听到雨声风声觉得美的也有人。听到小孩子半夜哭喊，以及芦苇在小风中说梦话那样细细的响，以为美，也总不缺少那呆子。这些是诗。但更其是诗，更其容易把情绪引到醉里梦里的，就是白脸族苗女人的歌。听到这歌的男子，把流血成为自然的事，这是历史上相传下来的魔力了。一个熟习苗中掌故的人，他可以告你五十个有名美男子被丑女人的好歌声缠倒的故事，他又可以另外告你五十个美男子被白脸苗女人的歌声唱失魂的故事。若是说了这些故事的人，还有故事不说，那必定是他还忘了把媚金的事情相告。

　　媚金的事是这样。她是一个白脸苗中顶美的女人，同到凤凰族相貌极美又顶有一切美德的一个男子，因唱歌成了一对。两方面在唱歌中把热情交流了。于是女人就约他夜间往一个洞中相会。男子答应了。这男子名叫豹子。豹子答应了女人夜里到洞中去，因为是初次，他预备牵一匹小山羊去送女人，用白羊换媚金贞女的红血，所作的纵是罪恶，似乎神也许可了。谁知到夜豹子把事情忘了，等了一夜的媚金，因无男子的温暖，就冷死在洞中。豹子在家中睡到天明才记起，赶即去，则女人已死了，豹子就用自己身边的刀自杀在女人身旁。尚有一说则豹子的死，为此后仍然常听到媚金的歌，因寻不到唱歌人，所以自杀。

但是传闻全为人所撰拟，事情并不那样。看看那遗传下来据说是豹子临死前用树枝画在洞里地面沙上最后的一首诗，那意思，却是媚金有怨豹子爽约的语气。媚金是等候豹子不来，以为自己被欺，终于自杀了。豹子是因了那一只羊的原故，爽了约，到时则媚金已死，所以豹子就从媚金胸上拔出那把刀来，陷到自己胸里去，也倒在洞中。至于羊此后的消息，以及为什么平时极有信用的豹子，却在这约会上成了无信的男子，是应当问那一只羊了。都因为那一只羊，一件喜事变成了一件悲剧，无怪乎白脸族苗人如今有不吃羊肉的理由。

但是问羊又到什么地方去问？每一个情人送他情妇的全是一只小小白山羊，而且为了表示自己的忠诚，与这恋爱的坚固，男人总说这一只羊是当年豹子送媚金姑娘那一只羊的血族。其实说到当年那一只羊，究竟是公山羊或母山羊，谁也还不能够分明。

让我把我所知道的写来吧。我的故事的来源是得自大盗吴柔。吴柔是当年承受豹子与媚金遗下那只羊的后人，他的祖先又是豹子的拳棍师傅，所传下来的事实，可靠的自然较多。后面是那故事。

媚金站在山南，豹子站在山北，从早唱到晚。山就是现在还名为唱歌山的山。当年名字是野菊，因为菊花多，到秋来满山一片黄。如今还是一样黄花满山，名字是因为媚金的事而改了。唱到后来的媚金，承认是输了，是应当把自己交把与豹子，尽豹子如何处置了，就唱道：

红叶过冈是任那九秋八月的风，
把我成为妇人的只有你。

豹子听到这歌，欢喜得踊跃。他明白他胜利了。他明白这个白脸族中最美丽风流的女人，心归了自己所有，就答道：

白脸族一切全属第一的女人，
请你到黄村的宝石洞里去。
天上大星子能互相望到时，
那时我看见你你也能看见我。

媚金又唱：

我的风，我就照到你的意见行事。
我但愿你的心如太阳光明不欺，
我但愿你的热如太阳把我融化。
莫让人笑凤凰族美男子无信，
你要我做的事自己也莫忘记。

豹子又唱：

放心，我心中的最大的神。
豹子的美丽你眼睛曾为证明。
豹子的信实有一切人作证。

纵天空中到时落的雨是刀,

我也将不避一切来到你身边与你亲嘴。

　　天是渐渐夜了。野猪山包围在紫雾中如今日黄昏景致一样。天上剩一些起花的红云,送太阳回地下,太阳告别了。到这时打柴人都应归家,看牛羊人应当送牛羊归栏,一天已完了。过着平静日子的人,在生命上翻过一页,也不必问第二页上面所载的是些什么,他们这时应当从山上,或从水边,或从田坝,回到家中吃饭时候了。

　　豹子打了一声呼哨,与媚金告别,匆匆赶回家,预备吃过饭时找一只新生的小羊到宝石洞里去与媚金相会。媚金也回了家。

　　回到家中的媚金,吃过了晚饭,换过了内衣,身上擦了香油,脸上擦了宫粉,对了青铜镜把头发挽成了个大髻,缠上一匹长一丈六尺的绉绸首帕,一切已停当,就带了一个装满了酒的长颈葫芦,以及一个装满了钱的绣花荷包,一把锋利的小刀,走到宝石洞去了。

　　宝石洞当年,并不与今天两样。洞中极干燥,铺满了白色细沙,有用石头做成的床同板凳,有烧火地方,有天生凿空的窟窿,可以望星子,所不同,不过是当年的洞供媚金豹子两人做新房,如今变成圣地罢了。时代是过去了。好的风俗是如好的女人一样,都要渐渐老去的。一个不怕伤风,不怕中暑,完完全全天生为少年情人预备的好地方,如今却供奉了菩萨,虽说菩萨就是当年殉爱的两人,但媚金豹子若有灵,都会以为把这地方盘据为不应当吧。这样好地方,既然是两个情人死去的地方,为了纪念这一对情人,除了把这地方来加以人工,好好布置,专为那些唱歌互相爱悦的少男少女聚会方便外,真没有再适当的用处了。不过我说过,地方的好习惯是消灭了,民族的热情是下降了，女人也慢慢的像中国女人，把爱情移到牛羊金银虚名虚事上来了，爱情的地位显然是已经堕落，美的歌声与美的身体同样被其他物质战胜成为无用的东西了，就是有这样好地方供年青人许多方便，恐怕媚金同豹子，也见不惯这些假装的热情与虚伪的恋爱，倒不如还是当成圣地，省得来为现代的爱情脏污好！

如今且说媚金到宝石洞的情形。

她是早先来，等候豹子的。她到了洞中，就坐到那大青石做成的床边。这是她行将做新妇的床。石的床，铺满了干麦秆草，又有大草把做成的枕头，干爽的穹形洞顶仿佛是帐子，似乎比起许多床来还合用。她把酒葫芦挂到洞壁钉上，把绣花荷包放到枕边，（这两样东西是她为豹子而预备的）就在黑暗中等候那年青壮美的情人。洞口微微的光照到外面，她就坐着望到洞口有光处，期待那黑的巨影显现。

她轻轻的唱着一切歌，娱悦到自己。她用歌去称赞山中豹子的武勇与人中豹子的美丽，又用歌形容到自己此时的心情与豹子的心情。她用手揣自己身上各处，又用鼻子闻嗅自己各处，揣到的地方全是丰腴滑腻如油如脂，嗅到的气味全是一种甜香气味。她又把头上的首巾除去，把髻拆松，比黑夜还黑的头发一散就拖地。媚金原是白脸族极美的女人，男子中也只有豹子，才配在这样女人身上作一切撒野的事。

这女人，全身发育到成圆形，各处的线全是弧线，整个的身材却又极其苗条相称。有小小的嘴与圆圆的脸，有一个长长的鼻子。有一个尖尖的下巴。还有一对长长的眉毛。样子似乎是这人的母亲，照到荷仙姑捏塑成就的，人间决不应当有这样完全的精致模型。请想想，再过一点钟，两点钟，就应当把所有衣衫脱去，做一个男子的新妇，这样的女人，在这种地方，略为害着羞，容纳了一个莽撞男子的热与力，是怎样动人的事！

生长于二十世纪，一九二八年，在中国上海地方，善于在朋友中刺探消息，各处造谣，天生一张好嘴，得人怜爱的文学家，聪明伶俐为世所惊服，但请他来想想媚金是如何美丽的一个女人，仍然是很难的一件事。

白脸族苗女人的秀气清气，是随到媚金减了多日了。这事是谁也能相信的。如今所见的女人，只不过是下品中的下品，还足使无数男子倾心，使有身份的汉人低头，媚金的美貌也就可以仿佛得知了。

爱情的字眼，是已经早被无数肮脏的虚伪的情欲所玷污，再不能还到另一时代的纯洁了。为了说明当时媚金的心情，我们是不愿再引用时行的话语来装饰，除了说媚金心跳着在等候那男子来压她以外，她并不如一般天才所想象的叹气或独白！

她只望豹子快来，明知是豹子要咬人她也愿意被吃被咬。

那一只人中豹子呢？

豹子家中无羊，到一个老地保家买羊去了。他拿了四吊青钱，预备买一只白毛的小母山羊，进了地保的门就说要羊。

地保见到豹子来问羊，就明白是有好事了，问豹子说：

"年青的标致的人，今夜是预备作什么人家的新郎？"

豹子说：

"在伯伯眼中，看得出豹子的新妇所在。"

"是山茶花的女神，才配为豹子屋里人。是大鬼洞的女妖，才配与豹子相爱。人中究竟是谁，我还不明白。"

"伯伯，人人都说凤凰族的豹子相貌堂堂，但是比起新妇来，简直不配为她做垫脚蒲团！"

"年青人，不要太自谦卑。一个人投降在女人面前时，是看起自己来本就一钱不值的。"

"伯伯说的话正是！我是不能在我那个人面前说到自己的。得罪伯伯，我今夜里就要去作丈夫了。对于我那人，我的心，要怎样来诉说呢？我来此是为伯伯匀一只小羊，拿去献给那给我血的神。"

地保是老年人，是预言家，是相面家，听豹子在喜事上说到血，就一惊。这老年人似乎就有一种预兆在心上明白了，他说：

"年青人，你神气不对。"

"伯伯呵！今夜你的儿子是自然应当与往日两样的。"

"你把脸到灯下来我看。"

豹子就如这老年人的命令，把脸对那大青油灯。地保看过后，把头点点，不做声。

豹子说：

"明于见事的伯伯，可不可以告我这事的吉凶？"

"年青人，知识只是老年人的一种消遣，于你们是无用的东西！你要羊，到栏里去拣选，中意的就拿去吧。不要给我钱。不要致谢。我愿意在明天见到你同你新妇的……"

地保不说了，就引导豹子到屋后羊栏里去。豹子在羊群中找取所要的羔羊，地保为掌灯相照。羊栏中，羊数近五十，小羊占一半，但看去看来却无一只小羊中豹子的意。毛色纯白又嫌稍大，较小的又多脏污。大的羊不适用那是自然的事，毛色不纯的羊又似乎不配送给媚金。

"随随便便吧，年青人，你自己选。"

"选过了。"

"羊是完全不合用么?"

"伯伯,我不愿意用一只驳杂毛色的羊与我那新妇洁白贞操相比。"

"不过我愿意你随随便便选一只,赶即去看你那新妇。"

"我不能空手,也不能用伯伯这里的羊,还是要到别处去找!"

"我是愿意你随便点。"

"道谢伯伯,今天是豹子第一次与女人取信的事,我不好把一只平常的羊充数。"

"但是我劝你不要羊也成。使新妇久候不是好事。新妇所要的并不是羊。"

"我不能照伯伯的忠告行事,因为我答应了我的新妇。"

豹子谢了地保,到别一人家去看羊。送出大门的地保,望到这转瞬即消失在黑暗中的豹子,叹了一口气,大数所在这预言者也无可奈何,只有关门在家等消息了。他走了五家,全无合意的羊,不是太大就是毛色不纯。好的羊在这地方原是如好的女人一样,使豹子中意全是偶然的事!

当豹子出了第五家养羊人家的大门时,星子已满天,是夜静时候了。他想,第一次答应了女人做的事,就做不到,此后尚能取信于女人么?空手的走去,去与女人说羊是找遍了全个村子还无中意的羊,所以空手来,这谎话不是显然了么?他于是下了决心,非找遍全村不可。

凡是他所知道的地方他都去拍门,把门拍开时就低声柔气说出要羊的话。豹子是用着他的壮丽在平时就使全村人皆认识了的,听到说要羊,送女人,所以人人无有不答应。像地保那样热心耐烦的引他到羊栏去看羊,是村中人的事。羊全看过了,很可怪的事是无一只合式的小羊。

在洞中等候的媚金着急情形，不是豹子所忘记的事。见了星子就要来的临行嘱托，也还在豹子耳边停顿。但是，答应了女人为抱一只小羔羊来，如今是羊还不曾得到，所以豹子这时着急的，倒只是这羊的寻找，把时间忘了。

想在本村里找寻一只净白小羊是办不到的事，若是一定要，那就只有到离此三里远近的另一个村里询问了。他看看天空，以为时间尚早。豹子为了守信，就决心一气跑到另一村里去买羊。

到别一村去道路在豹子走来是极其熟习的，离了自己的村庄，不到半里，大路上，他听到路旁草里有羊叫的声音。声音极低极弱，这汉子一听就明白这是小羊的声音。他停了。又详细的侧耳探听，那羊又低低的叫了一声。他明白是有一只羊掉在路旁深坑里了，羊是独自留在坑中有了一天，失了娘，念着家，故在黑暗中叫着哭着。

豹子藉到星光拨开了野草，见到了一个地口。羊听到草动，就又叫，那柔弱的声音从地口出来。豹子欢喜极了。豹子知道近来天气晴明，坑中无水，就溜下去。坑只齐豹子的腰，坑底的土已干硬了，豹子下到坑中以后稍过一阵，就见到那羊了。羊知道来了人便叫得更可怜，也不走拢到豹子身边来，原来羊是初生不到十天的小羔，看羊人不小心，把羊群赶走，尽它掉下了坑，把前面一只脚跌断了。

豹子见羊已受了伤，就把羊抱起，爬出坑来，以为这羊无论如何是用得着了，就走向媚金约会的宝石洞路上去。在路上，羊却仍然低低的喊叫。豹子悟出羊的痛苦来了，心想只有抱它到地保家去，请地保为敷上一点药，再带去。他就又反向地保家走去。

到了地保家，拍门时，正因为豹子事无从安睡的老人，还以为是豹子的凶信来了。老人隔门问是谁。

"伯伯,是你的侄儿。羊是得到了,因为可怜的小东西受了伤,跌坏了脚,所以到伯伯处求治。"

"年青人,你还不去你新妇那里吗?这时已半夜了,快把羊放到这里,不要再耽搁一分一秒吧。"

"伯伯,这一只羊我断定是我那新妇所欢喜的。我还不能看清楚它的毛色,但我抱了这东西时,就猜得这是一只纯白的羊!它的温柔与我的新妇一样,它的……"

那地保真急了,见到这汉子对于无意中拾来一只受伤的羊,像对这羊在做诗,就把门闩抽去砰的把门打开。一线灯光照到豹子怀中的小羊身上,豹子看出了小羊的毛色。

羊的一身白得像大理的积雪。豹子忙把羊抱起来亲嘴。

"年青人,你这是作什么?你忘记了你是应当在今夜作新郎了。"

"伯伯,我并不忘记!我的羊是天赐的。我请你赶紧为设法把脚搽一点药水,我就应当抱它去见我的新人了。"

地保只摇头,把羊接过手来在灯下检视,这小羊见了灯光再也不喊了,只闭了眼睛,鼻孔里咻咻的出气。

过了不久豹子已在向宝石洞的一条路上走着了。小羊在它怀中得了安眠。豹子满心希望到宝石洞时见到了媚金,同到媚金说到天赐这羊的事。他把脚步放宽,一点不停,一直上了山,过了无数高崖,过了无数水涧,走到宝石洞。

到得洞外时东方的天已经快明了。这时天上满是星,星光照到洞门,内中冷冷清清不见人。他轻轻的喊:

"媚金,媚金,媚金!"

他再走进一点，则一股气味从洞中奔出，全无回声，多经验的豹子一嗅便知道这是血腥气。豹子愕然了。稍稍发痴，即刻把那小羊向地下一掼，奔进洞中去。

到了洞中以后，向床边走去，为时稍久，豹子就从天空星子的微光返照下望到媚金倒在床上的情形了。血腥气也就从那边而来。豹子扑拢去，摸到媚金的额，摸到脸，摸到口；口鼻只剩了微热。

"媚金！媚金！"

喊了两声以后，媚金微微的嘤的应了一声。

"你做什么了呢？"

先是听嘘嘘的放气，这气似乎并不是从口鼻出，又似乎只是在肚中响，到后媚金转动了，想爬起不能，就幽幽的继续的说道：

"喊我的是日里唱歌的人不？"

"是的，我的人！他日里常常是忧郁的唱歌，夜里则常是孤独的睡觉；他今天这时却是预备来作新郎的……为什么你是这个样子了呢？"

"为什么？"

"是！是谁害了你？"

"是那不守信实的凤凰族年青男子，他说了谎。一个美丽的完人，总应当有一些缺点，所以菩萨就给他一点说谎的本能。我不愿在说谎人前面受欺，如今我是完了。"

"并不是！你错了！全因为凤凰族男子不愿意第一次对一个女人就失信，所以他找了一整夜才无意中把那所答应的羊找到，如今是得了羊倒把人失了。天啊，告我应当在什么事情上面守着那信用！"

临死的媚金听到这语，知道豹子迟来的理由是为了那羊，并不是故意失约了，对于自己在失望中把刀陷进胸膛里的事是觉得做错了。她就要豹子扶她起来，把头靠到豹子的胸前，让豹子的嘴放到她额上。

女人说：

"我是要死了。……我因为等你不来，看看天已快亮，心想自己是被欺了，……所以把刀放进胸膛里了。……你要我的血我如今是给你血了。我不恨你。……你为我把刀拔去，让我死。……你也乘天未大明就逃到别处去，因为你并无罪。"

豹子听着女人断断续续的说到死因，流着泪，不做声。他想了一阵，轻轻的去摸媚金的胸，摸着了全染了血的媚金的奶，奶与奶之间则一把刀柄浴着血。豹子心中发冷，打了一个战。

女人说：

"豹子，为什么不照到我的话行事呢？你说是一切为我所有，那么就听我的命令，把刀拔去了，省得我受苦。"

豹子还是不做声。

女人过了一阵，又说：

"豹子，我明白你了，你不要难过。你把你得来的羊拿来我看。"

豹子就好好把媚金放下，到洞外去捉那只羊。可怜的羊是无意中被豹子掼得半死，也卧在地下喘气了。

豹子望一望天，天是完全发白了。远远的有鸡在叫了。他听到远处的水车响声，像平常做梦日子。

他把羊抱进洞去给媚金，放到媚金的胸前。

"豹子，扶我起来，让我同你拿来的羊亲嘴。"

豹子把她抱起，又把她的手代为抬起，放到羊身上。"可怜这只羊也受伤了，你带它去了吧。……为我把刀拔了，我的人。不要哭。……我知道你是爱我，我并不怨恨。你带羊逃到别处去好了。……呆子，你预备做什么？"

豹子是把自己的胸也坦出来了，他去拔刀。陷进去很深的刀是用了大的力才拔出的。刀一拔出血就涌出来了，豹子全身浴着血。豹子把全是血的刀扎进自己的胸脯，媚金还能见到就含着笑死了。

天亮了，天亮了以后，地保带了人寻到宝石洞，见到的是两具死尸，与那曾经自己手为敷过药此时业已半死的羊，以及似乎是豹子临死以前用树枝在沙上写着的一首歌。地保于是乎把歌读熟，把羊抱回。

白脸苗的女人，如今是再无这种热情的种子了。她们也仍然是能原谅男子，也仍然常常为男子牺牲，也仍然能用口唱出动人灵魂的歌，但都不能作媚金的行为了！

爱欲

本篇发表于1933年9月1日《现代》第3卷第5期。署名沈从文。

在金狼旅店中，一堆柴火光焰熊熊，围了这柴火坐卧的旅客，皆想用故事打发这个长夜。火光所不及的角隅里，睡了三个卖朱砂水银的商人。这些人各自负了小小圆形铁筒，筒中贮藏了流动不定分量沉重的水银，与鲜赤如血美丽悦目的朱砂。水银多先装入猪尿脬里，朱砂则先用白绵纸裹好，再用青竹包藏，方入铁筒。这几个商人落店时，便把那圆形铁筒从肩上卸下，安顿在自己身边。当其他商人说到种种故事时，这三个商人皆沉默安静的听着。因为说故事的，大多数欢喜说女人的故事，不让自己的故事同女人离开，几个商人恰好各有一个故事，与女人大有关系，故互相在暗中约好，且等待其他说故事的休息时，就一同来轮流把自己故事说出，供给大家听听。

到后机会果然来了。

他们于是推出一个伙伴到火光中来，向躺卧蹲坐在火堆四围的旅客申明，他们共有三个人，愿意说三个关于女人的故事，若各位许可他们，他们各人就把故事说出来；若不许可，他们就不必说。

众旅客用热烈掌声欢迎三个说故事的人物，催促三个人赶快把故事说出。

爱欲

一、被刖刑者的爱

　　第一个站起说故事的，年纪大约三十来岁，人物仪表伟壮，声容可观。他那样子并不像个商人，却似乎是个大官。他说话时那么温和，那么谦虚。他若不是一个代替帝王管领人类身体行为的督府，便应当是一个代替上帝管领人类心灵信仰的主教。但照他自己说来，则他只是一个平民，一个商人。他说明了他的身份后，便把故事接说下去。

　　我听过两个大兄说得女人的故事。且从这些故事中，使我明白了女人利用她那份属于自然派定的长处，迷惑过有道法的候补仙人，也哄骗过最聪明的贼人，并且两个女孩子皆因为国王应付国事无从措置时，在那惟一的妙计上，显出良好的成绩。虽然其他一个故事，那公主吸引来了年轻贼人，还仍然被贼人占了便宜，远远逃去；但到后因为她给贼人养了儿子，且因长得美丽，终究使这聪敏盗贼，不至于为其他国家利用，好好归来，到底还仍然在历史上留下一个记载，这记载就是："女人征服一切，事极容易。"世界上最难处置的，恐怕无过于仙人与盗贼，既这两种人皆得在女人面前低首下心，听候吩咐，其他也就不必说了。

　　但这种故事，只说明女人某一方面的长处，只说到女人征服男子的长处！并且这些故事在称扬女子时，同时就含了讥刺与轻视意见在内。既见得男性对于女子特别苛刻，也见得男子无法理解女子。

　　我预备说的，是一个女子在自然派定那份义务上，如何完成她所担负的"义务"。这正是义务。她的行为也许近于堕落，她的堕落却使说故事的人十分同情。她能选择，按照"自然"的意见去选择，毫不含糊，毫不畏缩。她像一个人，因为她有"人性"。不过我又很愿意大家明白，女子固然走到各处去，用她的本身可以征服人，使男子失去名利的打算，转成脓包一团，可是同时她也就会在这方面被男子所征服，再也无从发展，无从挣扎。凡是她用为支配男子的那分长处，在某一时也正可以成为她的短处。说简单一点，便是她使人爱她，弄得人糊糊涂涂，可是她爱了人时，她也会糊糊涂涂。

下面是我要说的故事。

××族的部落，被上帝派定在一个同世界上俨然相隔绝的地方，生育繁殖他们的种族。他们能够得到充足的日光，充足的饮食，充足的爱情，却不能够得到充足的知识。年纪过了三十以上的，只知道用反省把过去生活零碎的印象，随意拼凑，同样又把一堆用旧了的文字，照样拼凑，写成忧郁柔弱的诗歌。或从地下挖些东西出来，排比秩序，研究它当时价值与意义。或一事不作，花钱雇了一个善于烹调的厨子，每日把鸡鸭鱼肉，加上油盐酱醋，制成各式好菜好汤，供奉他肠胃的消化。一切皆恰恰同中国有一些中产阶级一样，显得又无聊又可怜。他们因为所在的地方，不如中国北京那么文明，不如上海那么繁华，所以玩古董，上公园，跳舞，看戏，这类娱乐也得不到。每人虽那么活下去，可不明白活下去是些什么意义。每人皆图安静，只想变成一只乌龟，平安无事打发每个日子，把自己那点生命打发完结时，便硬僵僵的躺到地坑里去，让虫子把尸身吃掉，一切便算完事了。他们不想怎么样把大部分人的生命管束起来，好好支配到一个为大家谋幸福与光荣的行动上去。（一族中做主子的，就不知道如何组织社会，使用民力！）他们都在习惯观念中见得极其懒惰，极其懦怯。用为遮掩他们中年人的思索与行为懒惰懦怯的，就是一本流传在那个种族中极久远极普遍的古书，那本书同中国的圣经贤传文字不同，意思相近。书中精义，概括起来共只十六个字，就是：

生死自然。不必求生。清静无为。身心安泰。

那种族中中年人虽然记到这十六个深得中国老庄精义的格言，把日子从从容容对付下去，年轻人却常常觉得这一两千年前拘迂老家伙所表示的自然主义人生观，到如今已经全不适用。都以为那只是当时的人把"生""死"二字对立，自然产生的观念。如今的人，应当去生，去求生，方是道理。可是应当怎么样去求生，这就有了问题。

因此那地方便也产生了各种思想与行动的革命，也同样是统治阶级愚蠢的杀戮！也同样乘时雀起在某一时就有了若干名人与伟人，也同样照历史命运所安排的那种公式，糟蹋了那个民族无数精力和财富，但同时自然也就在那分牺牲中，孕育了未来光明的种子。

其中有年青兄弟两人，住在那个野蛮懒惰民族都会中，眼见到国内一切那么混乱，那么糟糕，心中打算着："为什么我们所住的国家那么乱，为什么别个国家又那么好？"

两兄弟那时业已结婚，少年夫妇，恩爱异常，家中境况又十分富裕，若果能够安分在家中住下，看看那个国家一些又怕事又欢喜生点小事的人写出的各样"幽默"文章，日子也就很可以过得下去了。可是这两兄弟却觉得这样下去很不好，以为在自己果园中，若不知道树上所结的果子酸到什么样子，且不明白如何可以把结果极酸的，生虫的，发育不完全的树木弄好的方法，最好还是赶快到别一个果园去看看。于是弟兄两人就决计徒步到各处去游学，希望从这个地球的另一处地方，多得到些智慧同经验，对于国家将来有些贡献。两人旅行计划商量妥当后，把家中财产交给一个老舅父掌管，带了些金块和银块，就预备一同上路。两个年轻人的美丽太太，因为爱恋丈夫，不愿住在家中享福，甘心相从，出外受苦，故出发时，共四个人。

两兄弟明白本国文化多从东方得来，且听说西方民族，有和东方民族完全不同的做人观念与治国方法，故一行四人乃取道西行，向日落处一直走去。

他们若想到西方的××国，必须取道一个寂无人烟不生水草的沙漠，同伴四人，为了寻求光明，到了沙漠边地时，对于沙漠中种种危险传说，皆以为不值得注意。几人把粮秣饮水准备充足以后，就直贯沙漠，向荒凉沙碛中走去。

他们原只预备了二十七天的粮食，可是走过了二十七天后，还不能通过这片不毛之地。那时节虽然还有些淡水，主要食物却已剩不了多少。几人讨论到如何支持这些危险日子，却商量不出什么结果。沙漠里既找寻不出一点水草同生物，天空中并一只飞鸟也很少见到，白日里只是当头白白的太阳，灼炙得人肩背发痛，破皮流血。到晚上时，则不过一群浅白星子嵌在明蓝太空里而已。原来他们虽带了一张羊皮制成的地图，但为了只知按照地图的方向走去，反而把路走差了。

有一天晚上，几人所剩下的一点点饮料，看看也将完事了。各人又饥又渴，再不能向前走去，便僵僵的躺在沙碛上，仰望蓝空中星辰，寻觅几人所在地面的经度，且凭微弱星光，观察手中羊皮制就的地图。

两兄弟以为身边两个妇人已倦极睡熟，故共同来商量此后的办法。

哥哥向弟弟说：

"你年青些，比我也可以多在这世界上活些日子，如今情形显然不成了，不如我自杀了，把肉供给你们生吃，这计策好不好！"

那弟弟听哥哥说到想要自杀，就同他哥哥争持说：

"你年纪大些，事情也知道得多些，若能够到那边学得些知识，回国也一定多有一分用处。现在既然四个人不能够平安通过这片沙漠，必需牺牲一个人，作为粮食，不如把我牺牲，让我自杀。"

那哥哥说：

"这绝对不行，一切事情必需有个秩序，作哥哥的大点，应当先让大的自杀。"

"若你自杀，我也不会活得下去。"

弟兄俩一面在互相争论，互相解释，那一边两妯娌并未睡着，各人却装成熟睡样子，默默的在窃听他们所讨论的事情。两个妇人都极爱丈夫，同丈夫十分要好，俱不想便与丈夫遽然分离。听到后来两兄弟争论毫无结果，那嫂嫂就想：

"我们既然同甘共苦来到这种境遇中，若丈夫死了，我也得死。"

弟妇就想：

"既然不能两全，若把这弟兄两人任何一个死去，另一个也难独全。想想他们受困于此的原因，皆只为路中有我们两人，受女人累赘所致。我们既然无益有害，不如我们死了，弟兄两个还可希望其同逃出这死海，为国家做出一分事业。"

那嫂嫂因为爱她的丈夫，想在她丈夫死去时，随同死去；丈夫不死，故她也还不死。那弟妇则因为爱她的丈夫，明白谁应当死，谁必需活，就一声不响，睡到快要天明时，悄悄的打破一个饭碗，把自己手臂的动脉用碎磁割断,尽血流向一个木桶里去,等到另外三个人知道这件事情时,木桶中血已流满,自杀的一个业已不可救药了。

弟弟跪在沙地上检察她的头部同心房时,又伤心,又愤怒,问她:

"你这是做什么?"

那女人躺卧在她爱人身旁,星光下做出柔弱的微笑,好像对于自己的行为十分快乐,轻轻的说:

"我跟在你们身边,麻烦了你们,觉得过意不去。如今既然吃的喝的什么都完了,你们的大事中途而止岂不可惜?我想你们弟兄两个既然谁也不能让谁牺牲,事情又那么艰难,不如把无多用处的我牺牲了,救你们离开这片沙漠较好,所以我就这样作了。我爱你!你若爱我,愿意听我的话,请把这木桶里的血,趁热三人赶快喝了,把我身体吃了,继续上路,做完你们应做的事情。我能够变成你们的力量,我死了也很快乐。"

说完时,她便请求男子允许她的请求,原谅她,同她接一个最后的吻。男子把一滴眼泪淌入她口中,她咽下那滴眼泪,不及接吻气便绝了。

三个人十分伤心,但为了安慰死去的灵魂,成全死者的志愿,记着几人远离家国的旅行,原因是在为国家寻觅出路,属于个人的悲哀,无论如何总得暂且放下不提,因此各人只得忍痛分喝了那桶热血。到后天明时,弟弟便背负了死者尸身,又依然照常上路了。

当天他们很幸福的遇到一队横贯沙漠的骆驼群,问及那些商人,方明白这沙漠区域常有变动,还必需七天方能通过这个荒凉地方,到一个属于××国的边镇。几人便用一些银块,换了些淡水,换了些粮食，且向商人雇了一匹骆驼，一个驼夫把死尸同粮食同具驮着，继续通过这片沙碛，但走到第四天时，赶骆驼的人，乘半夜众人熟睡之际，拐带了那个死尸逃逸而去，从此毫无踪迹可寻。原来这赶骆驼的，属于一种异端外教，相信新近自杀的女尸，供奉起来，可以保佑人民，便把那个女尸带回部落去用香料制作女神去了。

三人知道这愚蠢的行为的意义，沙漠中徒步决不能跟踪奔驰疾步的骆驼，好在粮食金钱依然如旧，无可如何，只好在当地竖立一枝木柱，刻上一行字句："凡能将一个白脸长身的女人尸体送至××国者，可以得马蹄金十块，马蹄银十块。"把木柱竖好，几人重复上路。

走了三天，果然走到了一个商镇，但见黄色泥室，比次相接，驼粪堆积如山，骆驼万千，马匹无数，人民熙熙攘攘，很有秩序。走到一座客店，安置了行李以后，就好好的休息了三天。

休息过后，几人又各处参观了一番，正想重新上路，那弟弟却得了当地流行不可救药的热病，不能起身。把当地的著名医生请来诊治时，方知病已无可治疗，当晚就死掉了。

临死时这弟弟还只嘱咐哥哥，应当以国家事情为重，不必因私人死亡忧戚。且希望哥哥不必在死者身上花钱，好留下些钱财，作旅行用。且希望哥嫂即早动身，免得传染。话说完时，便落了气。这哥嫂二人虽然十分伤心，一切办法，自然尽照死者的志愿作去，把死者处置妥当，就上了路。

剩下这一对青年夫妇，又取道向西旅行了大约有半年光景。那男子因为担心国事，纪念死者，只想凝聚精力，作为旅行与研究旅行所得学问而用，因此对于那位同伴，夫妇之间某种所不可缺少的事情，自然就疏忽了些。女人虽极爱恋男子，甘苦与共，生死相依，终不免便觉得缺少了些东西。

有一天,两人在路上碰到一个因为犯罪双足业被刖去的丑陋乞丐,夫妇二人见了这人,十分怜悯,送他些钱后,那乞丐看到这一对旅行的夫妇检阅羊皮地图,找寻方向,就问他们,想去什么地方,有什么事。两人把旅行意见如实告给了乞丐。那乞丐就说,他是西方××大国的人,知道那边一切,且知道向那大国走去的水陆路径,愿意引导他们。两人听说,自然极其高兴。于是夫妇两人轮流用一辆小车推动这乞人上路,向乞人所指点方向,慢慢走去。

夫妇两人爱情虽笃,但因作丈夫的不注意于男女事情,妇人后来,便居然同那刖足男子发生了恋爱。时间这样东西既然还可造成地球,何况其他事情?这爱情就也很自然并不奇怪了。两人因这秘密恋爱,弄得十分糊涂,只想设计脱离那个丈夫。因此那刖足男子,便故意把旅行方向,弄斜一些,不让几人到达任何城池。有一天,几人走近了一道河边,沿河走去,妇人见河岸边有一株大李子树,结实累累,就想出一个计策,请丈夫上树摘取些李子。丈夫因为河岸过于悬崭,稍稍迟疑。那妇人说,这不碍事,若怕掉下,不妨把一根腰带,一端缚到树根,一端缚到腰身,纵或树枝不能胜任,摔下河中时,也仍然不会发生危险了。丈夫相信了这个意见,如法作去,李树枝子脆弱,果然出了事情。女人取出剪子,悄悄的把那丝质腰带剪断,因此那个丈夫,即刻堕入河中,为一股急促黄流卷去,不见踪影。

妇人眼见到自己丈夫堕入大河中为急流冲去以后,就坦然同那刖足男子,成为夫妇,带了所有金银粮食重新上路了。

不过这个男子虽已堕入河中,一时为洑流卷入河底,到后却又被洑流推开,载浮载沉,向下流漂去。后来迷迷糊糊漂流到了一个都市的税关船边，便为人捞起，搁在税关门外，却慢慢的活了。初下水时，这男子尚以为落水的原因，只是腰带太不结实，并不想到事出谋害。只因念念不忘妇人，故极力在水中挣扎，才不至于没顶。等到被人从水中捞起复活以后，检察系在身边那条断了的腰带，发现了剪刀痕迹，方才明白落水原因。但本身既已不至于果腹鱼鳖，目前要紧问题，还是如何应付生活，如何继续未完工作，为国效劳，方是道理。故不再想及那个女人一切行为，忘了那个女人一切坏处。

这男子因为学识渊博，在那里不久就得到了一个位置。作事一年左右，又得到总督的信任，引为亲信。再过三年，总督死去，他就代替了那个位置，作了总督。

妇人虽对于这男子那么不好，他到了作总督时，却很想念到他的妇人，以为当时背弃，必因一时感情迷乱，故不反省，冒昧作出这种蠢事，时间久些，必痛苦翻悔。他于是派人秘密打听，若有关于一个被刖足的男子，与一个美丽女人因事涉讼时，即刻报告前来，听候处治。

时间不久，那大城里就发现了一件希奇事情，一个曼妙端雅的妇人，推挽了辆小小车子，车中却坐了一个双脚刖去剩余只手的丑陋男子，各处向人求乞。有人问她因何事情，从何处来，关系怎样，妇人就说：废人是她的丈夫，原已被刖，因为欢喜游历，故两人各处旅行。有些金银，路上被人觊觎，抢劫而去。当贼人施行劫掠时，因男子手中尚有金子一块，不肯放下，故这只手就被贼徒砍去。路人见到那么美貌妇人，嫁了这种粗丑丈夫，已经觉得十分古怪，人既残废，尚能同甘共苦，各处谋生，不相远弃，尤为罕见。因此各有施赠，并且传遍各处，远近皆知。事为总督所闻，即命令把那一对夫妇找来。总督一看，妇人正是自己爱妻，废人就是那个身受刖刑的废人。虽相隔数年，女人面貌犹依然异常美丽。刖足乞丐，则因足既被刖，手又砍去一只，较之往昔，尤增丑陋。那总督便向妇人询问：

"这废人是不是你丈夫？"

妇人从从容容的说：

"他是我的丈夫。"

总督又问废人：

"你们什么时候结婚，在什么地方住家？"

废人不知如何说谎，那妇人便抢着回答：

"我们结婚业已多年，我们本来有家，到后各处旅行，路上遇了土匪，所有金宝概行掠去以后，就流落在外不能回家了。"

总督说：

"你认识我不认识？"

那妇人怯怯看了一下，便着了一惊。又仔细的一看，方明白座上的总督，就正是数年前落水的丈夫！匆促中无话可说，只顾磕头。

总督很温和的向妇人说：

"你如今居然还认识得我，那好极了。你并没有错处。你并没有罪过。如今尽你意思作去。你自己看，想怎么样？你可以自己说明。你要同这个废人在一处，还是想离开他？你可以把你希望说出来。"

那妇人本来以为所犯的罪过非死不可，故预备一死。如今却见总督那么温和，想起一切过去，十分伤心。哭了一会，就说：

"为了把总督人格和恩惠扩大，我希望还能够活下去。我本来应当即刻自杀，以谢过去那点罪过。但如今却只盼望总督的大恩，依旧允许我同这废人在本境里共同乞讨过日子下去了，因为这样，方见得

249

爱欲

你好处！"

总督说：

"好，你欢喜怎么样就怎么样，总之如今你已自由了。"

此后这总督因为关心祖国事情，把总督职务交给了另外一个人，所有的金钱，赠给了那个他极爱她她却爱一废人的女子，便离开那都市，回转本国去了。

故事到末了时，那商人说：

"我这故事意思是在告给你们女人的痴处，也并不下于男子。或者我的朋友还有更好的故事，提到这个问题，我希望他的故事比我的更好。"

二、弹筝者的爱

第二个商人，有一张马蹄形的脸子，这商人麻脸跛脚，只剩下一只独眼，相貌朴野古怪，接下去说：

"女人常使男子发痴，作出种种呆事，呆事中最著名的一件，应当算扇陀迷惑山中仙人的传说。我并没有那么美丽驾空的故事，但我却知道有个极其美丽的女人，被一个异常丑陋的男子所迷惑，做出比候补仙人还可笑的行为。"

这故事在后面。

副官宋式发，年纪青青的死去时，留给他那妻子的，只是一个寡妇的名分，同一个未满同岁的小雏。这寡妇年龄既然还只有二十岁，相貌又复窈窕宜人，自然容易引起当地年轻的男子注意。谁都希望关照这个未亡人，谁都愿意继续那个副官的义务和权利。因此许多人皆盼望接近这个美貌妇人身边，想把这标致人儿随了副官埋葬在土中的心，用柔情从土中掏出。使尽了各种不同方法，一切还是枉然徒劳。愚蠢的诚实，聪明的狡猾，全动不了这个标致人儿的心。

她一见到这些齐集门前献媚发痴的人，总不大瞧得上眼。觉得又好笑又难受，以为男子全那么不济事，一见美貌红颜，就天生只想下跪。又以为男子中最好的一个，已经死去了，自己的爱情，就也跟着死去了。

过了两年。

这未亡人还依然在月光下如仙，在日光下如神，使见到她的人目眩神迷，心惊骨战。爱她的人还依然极多，她也依然同从前一样，贞静沉默的在各种阿谀各种奉承中打发日子下去。

她自己以为她的心死了，她的心早已随同丈夫埋葬在土中去了，她自己若不掏出来，别人是没有这分本领把它掏得出来的。

到后来，一些从前曾经用情欲的眼睛张望过这个妇人的，因爱生敬皆慢慢的离远了。为她唱歌的，声音已慢慢的喑哑了。为她作诗的，早把这些诗篇抄给另外一个女子去了。

又过了两年。

有一天，从别处来了一个弹筝人，常常扛了他那件古怪乐器，从这未亡人住处门前走过。那乐器上十三根铜弦，拨动时，每一条铜弦便仿佛是一张发抖的嘴唇，轻轻的，甜蜜的靠近那个年轻妇人的心胸。听到这种声音时，她便不能再作其他什么事情，只把一双曾经为若干诗人嘴唇梦里游踪所至的纤美手掌，扶着那个白白的温润额头。一听到筝声，她的心就跳跃不止。

她爱了那个声音。

当她明白那声音是从一只粗糙的手抓出时，她爱了那只粗糙的手。当她明白那只粗糙的手是一个独眼，麻脸，跛脚的人肢体一部分时，她爱了那个四肢五官残缺了的废人。她承认自己的心已被那个残废人的筝声从土中掏出来了。她喜欢听那筝声。久而久之，每天若不听听那筝声，简直就不能过日子了。

那弹筝人住处在一个公共井水边，她因此早晚必借故携了小孩来井边打水。她又不同他说什么。他也从不想到这个美丽妇人会如此丧魂失魄的在秘密中爱他。

如此过了很多日子。

有一天，她又带了水瓶同小孩子来取水，一面取水，一面听那弹筝人的新曲。那曲子实在太动人了，当她把长绳络结在瓶颈上时，所络着的不是颈头，竟是那小雏的颈项。她一面为那筝声发痴，一面把自己小孩放下深井里去，浸入水中，待提起时，小孩子早已为水淹死了。

附近的人知道了这件事情时，大家跑来观看，却不明白为什么这妇人如何发痴会把自己亲生小孩杀死。或以为鬼神作祟作出这事，或以为死去的副官十分寂寞，就把儿子接回地下去，假手自己母亲，作出这事。又或以为那副官死后，因明白妇人过于美丽年轻，孀居独处，十分可怜，故促之把小孩子弄死，对旧人无所系恋，便可以任意改嫁。谈论纷纭，莫衷一是，却无一人想象得出这事真正原因。

那时弹筝人已不弹筝了，正抱了他那神秘乐器，欹立在一株青桐树下。有人问他对于这种希奇事情的意见：

"先生，一个女子相貌如此良善，为人如此贞静，会作这种古怪事情，你说，这是怎么的？"

那弹筝人说：

"我以为这女人一定是爱了一个男子。世界上既常有受女人美丽诱惑发昏的男子，也就应当有相同的女人。她必为一个魔鬼男子先骗去了灵魂，现在的行为，正是想把身体也交给这魔鬼的！"

"这魔鬼属于哪一类人？"

那弹筝人听到这样愚蠢的询问，有点生气了，斜睨了面前的人一眼，就闭了他那只独眼说道：

"你难道以为女子会爱一个像我这种样子的男子么？"

那人看看说来无趣，便走开了。至于那弹筝人，当然是料不到妇人会为他发痴的。

到了晚上，弹筝人正独自一人闭着独眼，在明月下弹筝，妇人就披了一件寝衣走去找他，见到他时，同一堆絮一样，倒在他的身边。弹筝人听到这种声音，吃了一惊，睁开独眼，就看到一堆白色丝质物，一个美丽的头颅，一簇长长的黑发。弹筝人赶忙把这个晕了的人抱进屋中竹床上，藉月光细细端详一下面目，原来这个女子就正是日里溺死婴儿的妇人。再想敲敲妇人那件衣服，让她呼吸方便一点时，稍稍把衣服一拉，就明白这妇人原来是一个光光的身体，除了一件寝衣什么也没着身！那弹筝人简直吓呆了，不知如何是好。

妇人等不及弹筝人逃走，就霍然坐起，把寝衣卸下，伸出两只白白的臂膊抱定那弹筝人颈项了。

她告给了他一切秘密，她让他在月光下明白她是一个如何美丽的生物。

但他想起日里溺毙的婴孩,以为这是魔鬼的行为,因为吓怕,终于弃却了女人同那件乐器,远远的逃走了。而她后来却缢死在那间小屋里。

三、一匹母鹿所生的女孩的爱

第三个商人相貌如一个王子,他说:

"我的故事虽然所说到的还是女人。这女人同先前几个女人或者稍微不同一点。我的故事同扇陀故事起始大同小异,我要说到的女人,却似乎比扇陀更能干一些。但也有些地方与其余故事相同,因为这女人有所爱恋,到后便用身殉了爱。她爱得更希奇,说来你们就明了。"

与扇陀故事一样,同样是一个山中,山中有个隐居邃世修道求真的男子,搭了一座小小茅棚,住在那里,不问世事。这隐士小便时,有一只雌鹿来舐了几次,这鹿到后来便生了一个女子,相貌端正娴雅,美丽非常。这母鹿所生孩子,一切如人,仅仅两只小脚,精巧纤细,仿佛鹿脚。隐士把女孩养育下来,十分细心,故女孩子心灵与身体两方面,皆发展得极其完美。

女孩子大了一些,隐士因为自己是一个旧时代的人物,担心自己的顽固褊持处,会妨碍这女孩的感情接近自然,因此在较远住处,找寻到一片草坪,前面绕有清泉,后面傍着大山,在那里为女孩造一简陋房子,让她住下。两方面大约距离三里左右,每天这女孩子走来探望隐士一次,跟随隐士请业受教。每次来到隐士住处读书问道,临行时,隐士必命令她环绕所住茅屋三周,凡经过这个女孩足迹践履处,地面便现出无数莲瓣。

隐士从女孩脚迹上，明白这个女孩，必有夙德，将来福气无边，故常常为她说及若干故事，大都是另一时节另一国土女子在患难中忍受折磨转祸为福故事。女孩听来，只知微笑，不能明白隐士意思。

有一天国王因为国家大事，无法解决，亲自跑来隐士住处领教，请求这个积德聚学的有道之人，指点一切困难问题。到了山中隐士住处之后，见隐士茅屋周围，皆有莲花瓣儿痕迹，异常美丽。国王就问隐士：

"这是什么？"

隐士说："这是一个山中母鹿所生女孩的脚迹。"

国王说："山中女子，真有美丽如此的脚迹吗？"

"你不相信别人的，就应当相信你自己的。国王，那你以为这是谁的脚迹？"

"假如这个山中真有如此美丽脚迹的人，不管她是谁生的，我都预备把她讨作王后。"

"凡世界上居上位的皆欢喜说谎，皆善说谎。"

"我若说谎，见到这个女人以后，不把她娶作王后，天杀我头。你若说谎，无法证明这是女人的脚迹，我就割下你的头颅。"

隐士眼见到这个国王血脉偾兴，大声说话，却因为这里一切皆是事实，难于否认，故当时只微笑颔首，不作别的话语。

时间不久，住在另外一个地方的女孩又跑来了，一见隐士身边的国王，从服饰仪表上看来，明白这个人是历史上所称的国王，就温文尔雅，为隐士与国王行了个礼，行礼完后，站在旁边不动。这女孩既然容貌柔媚，并且知书识礼。国王有所询问时，应对周详，辞令端雅。国王十分中意，当场就向那个女孩求婚。他请求女孩许可，让他成为

255

爱欲

她的臣仆,把那戴了一顶镶珠嵌宝王冠的头,常常俯伏在她膝边。

女孩子那时年龄还只一十六岁,第一次见到陌生男子,且第一次听到国王这种糊涂的意见,竟毫不觉得希奇。她即刻应允了这件事,她说:

"国王,您既然以为把王冠搁在我的膝下使您光荣幸福,您现在就可照您意思作去。"

那国王得了女人的爱情以后,就把女人用一匹白色大马,驮回本国宫中。选择吉日良辰,举行婚礼。

结婚以后,这个女人被国王恩宠异常。一月以后,为国王孕了个小孩,将近一年,所孕小孩应分娩了,真忙坏那个国王。自从这山中女孩入宫后,专宠一宫,因此其他妃嫔,莫不心怀妒嫉。故当女孩生产落地一个极大肉球时,就有人在暗中私下把王后所生产的肉球取去,换了一副猪肺。国王听说产妇业已分娩,走来询问,为其他妃嫔买通的收生妇人,就把那一堆猪肺呈上,禀告国王,这就是王后生产的东西。国王听说有这种事情,十分愤怒,即刻派人把那王后押送出宫,恢复平民地位。

这女孩因为早年跟隐士学得忍受横逆方法,当时含冤莫白,只得忍痛出宫。出宫以后,就匿名藏姓,且用药水把自己相貌染黑,替大户人家做些杂务小事,打发日子。因为出自宫中,礼仪娴习,性情又好,深得主人信任,生活也不十分困难。

那个国王,自然就爱了其余妃嫔,把山中母鹿所生的那个女子渐渐忘掉了。

当王后所生养的肉球下地时,隐藏了这肉球的先把它放在一锅沸水中,好好煮了一阵,估计烈火业已把它煮烂了,就连同那口锅子,假称这是国王赏赐某某大臣的羊羔,设法运送出宫。出宫以后,抬到大江边去,乘上特备的小船,摇到江中深处,把那东西全部倾入江中,方带了空锅回宫复命。

这肉球载浮载沉一直向下游流去,经过了七天七夜,流到另外一个地方,被一个打渔的老年人丝网捞着。渔人把网提起一看,原来是个极大肉球。把肉球用刀剖开,见到里面有一朵千瓣莲花,每一花瓣,皆有一个具体而微非常之小的人,弄得渔人异常惊吓。只听到那些小人说:

"快把我送进你们国王那边去。你就可得黄金千块,白银千块。"

渔人不敢隐瞒下去,即刻用丝网兜着那个肉球,面见国王,且把肉球呈上。那国王正无子息,把肉球弄开一看,果然希奇。因此就赏了渔人金银各一千块,渔人得了赏赐,回家作富翁去了,不用再提。这肉球中小人,却因为在日光空气与露水中慢慢长大,为时不久,就同平常小孩一般无二了。这个好事国王,于是凭空多了一千个儿子,上下远近,皆以为这是国王积德,上天所赐。

这一千小孩到十六岁时,莫不文武双全,人世少见。到了二十岁时,这一千个儿子,便被国王命令,派遣到邻国去战征,各人骑了白马,穿戴上棕色皮类镂银甲胄,直到另一国家皇城下面挑战。凡个人应战的无不即刻死去,凡部队应战莫不大败而归。这样一来,竟使城中那个国王,无计可施。

官家方面等待到自己无计可施时,于是只得各处贴上布告,招请平民贡献意见,且悬了极大赏格,找寻能够击退外敌的英雄。

山中母鹿所生的那个女子,知道这是自己的孩子来此胡闹。便穿了破旧衣服,走到国王处去陈说她有退兵办法,请求国王许可,尽她上城一试。得了许可，走上城去，那时城下一千战士，正在跃马挺戈，辱骂挑战。但见城上一面大旗子下，站了一个穿着褴褛相貌平常的妇人，觉得十分希奇，就各自勒着缰辔，注意妇人行为。

那妇人开口说道：

"你们这些小东小西，来到这里胡闹什么？我是你们的母亲，这里国王是你们的爸爸，还不去丢下刀枪，跳下白马。"

其中就有人说：

"你这疯婆子，你说你是我们的母亲，把我们一个证据。"

女人嘱咐各人站定，把嘴张开，便裸出双乳，用手将乳汁挤出，乳汁齐向城下射去，左边分为五百道，右边也分为五百道。一千战士口中，无人不满含甜乳。这一千战士业已明白城上妇人即为生身母亲，不敢违逆，放下武器，投地便拜。

一切弄得明白清楚以后，两国战事，自然就结束了。两个国王因为这一千太子生于此国，育于彼国，故到后就共同议定，各人得到五百儿子。至于那个母亲，自然仍为这一千儿子的母亲，且仍然回转到王宫中作了王后。二十年来使这王后蒙受委屈的一干妇人，因为当时还同谋煮过太子，便通统为国王按照国法捉来放到火中用胡椒火烧死了。

当初那个山中母鹿生养的女人，其所以能够在委屈中等待下去，一面因为受的是隐士熏陶，一面也正因为自信美丽，以为自己眉目发爪，身段肌肤，莫不是世所希少的东西，国王既为这份美丽倾倒于前，也必能使国王另外一时想起她来，使爱情复燃于后。因此所遭受的，即或如何委屈，总能忍耐支持下去。如今却意料不到有了一千儿子，且正因为这一千儿子，能够恢复她那个原来地位。但她同时却也明白了她其所以受人尊敬处，只是为了这一群儿子。且明白她如今已老了，再也不能使那个国王，或其他国王，把戴了嵌宝镶珠王冠的尊贵头颅，俯伏到她的脚边了。她明白了这些事情时，觉得非常伤心。

她想了七天，想出了一个极好计策。同国王早餐时，就问国王说：

"亲爱的人，你还记不记得我在山中时节的样子？"

国王说：

"我怎么不记得？你那时真美丽如仙！"

"亲爱的人，你还记不记得你向我求婚时节的种种？"

"我记得十分清楚，我为你美丽如何糊涂。"

"亲爱的人，你还记不记得我们结婚以后出宫以前那些日子的生活？"

"那些事同背诵我自己顶得意的诗歌一样，最细微处也不容易忘记。你当时那么美丽，这种美丽影子，留在我心中，就再过二十年，也光明如天上日头，新鲜如树上果子。"

女人听到国王称赞她的过去美丽处，心中十分难受，沉默着，过一会儿就说：

"我被仇人陷害出宫，同你离开二十年，如今幸而又回到这宫中来了，一切事真料想不到。我从前那些仇人全被你烧死了，现在却还有一个最大的仇人，就在你身边不远。我已把这个仇人找得。我不想你追问我这仇人姓甚名谁，我只请求你宣布她的死刑，要她自尽在你面前。若你爱过我，你答应了我这件事。"

国王说：

"就照你意思做去，即刻把人带来。"

这女人就说她当亲自去把那仇人带来。又说她不愿眼见到这仇人自杀，故请求国王，仇人一来，就宣布死刑，要那个人自杀，不必等她亲自见到这种残酷的事情。说后,王后就走了。

不到一会,果然就有个身穿青衣头蒙黑纱手脚自由的犯人在国王面前站定了,国王记起王后所说的话,就说:

"犯罪的人,你如今应该死了,你不必说话,不必分辩,拿了我这把宝剑自刎了吧。"

那黑衣人把剑接在手中,沉沉静静的走下阶去,在院子中芙蓉树下用宝剑向脖子一勒,把血管割断,热血泛涌,便倒下了。国王遣人告给王后,仇人已死,请来检视。各处寻觅,皆无王后踪迹。等到后来国王知道自杀的一个仇人就是王后自己时,检察伤势,那王后业已断气多时了。

那王后自杀后,国王才明白她所说的仇人,原来就是她自己的衰老。她的意思同中国汉武帝的李夫人一样,那一个是临死时担心自己丑老不让国王见到,这一个是明白自己丑老便自杀了。

为张家小五哥辑自《法苑珠林》
二十二年七月十八成于青岛
廿四年十一月六改于北平

雨后

本篇发表于 1928 年 9 月 10 日《小说月报》第 19 卷第 9 号。署名甲辰。

"我明白你会来,所以我等。"

"当真等我?"

"可不是。我看看天,雨是要落了。谁知道这雨要落多大多久。天又是黑的,我喊了五声,或者七声。我说,四狗,四狗,你是怎么啦!雨快要落了,不怕么?全不曾回声。我以为你回家了。我又算,……雨可真来了。这里树叶子响得怕人,我不怕,可只担心你。我知道你是不会拿斗篷的。雨水可真大。我是躲在那株大楠木下的。就是那株楠木,我们俩……忘记了么?你装。我要问你到底打那儿来。身上也不湿多少,头又是光的,我问你,躲到什么洞里。"

四狗笑。四狗不答。他不说从家中来,她便明白的。

他坐到那人身边去,挤拢去坐,坐的是桐木叶。

这时雨已过前山,太阳复出了,还可以看前山成块成片的云,像追赶野猪,只飞奔。四狗坐处四围是虫声,是树木枝叶上积雨下滴的声音。上是个棚,雨后太阳蒸得山头出热气,四狗头上却阴凉。头上虽凉心却热,四狗的腰被两只手围着了。

"四狗,——"想说什么不及说,便打一声嗯哨。

263

雨后

因为对山有同伴，同伴这时正吹着口哨找人。

同伴是在雨止以后又散在山头摘蕨，这时陪四狗坐的也是摘蕨人。

在两人背后有一背笼，是她的。四狗便回头扳那背笼看。

"今天怎么只得这一点？……喔，花倒得了不少。还有莓咧。我正渴，让我吃莓吧。下了一阵雨，莓是洗淡了，这个可是雨前摘的。我喂你一颗。算我今天赔礼，不成吗？"

"要你赔礼？我才……"

她把围着四狗的腰的两只手放松了，去采地上的枯草。

"我告你，我也总有一天要枯的，——一切也要枯，到八月九月。我总比你们枯得更早。"

四狗，莫名其妙。他说道：

"我的天，我听不懂你的话。"

"我也不一定要你懂，你总有一天懂的。"

"让我在这儿便懂，成不成？"

"你要懂，就懂了，载不得我说。"她又想，"聋子耳边响大雷"，就哧的笑了。

四狗不再吃莓了，用手扳并排坐的人头。黑色的皮肤，红红的嘴，大大的眼睛与长长的眉，四狗这时重新来估价。鼻子小，耳朵大，下巴是尖的，这些地方四狗却放过了。他捏她辫子，辫子是在先盘在头上，像一盘乌梢蛇，这时这蛇挂在背后了，四狗不怕蛇咬人，从头捏至尾。

"你少野点。"说了却并不回头。

因为蛇尾在尾脊骨下，四狗的手不得到警告以前，已随随便便到……

四狗渐渐明白自己的过错了。通常便如此，非使人稍稍生气，不会明白的。于是他亲她的嘴——把脸扭着不让这么办，所亲的只是耳下的颈子。四狗为这个情形倒又笑了，他算计得出，这是经验过的，像看戏一样，每戏全有打加官。打加官以后是……末了杂戏热闹之至。

稍停停，不让四狗看见，背了脸，也笑了，四狗不必看也清楚。

四狗说："莫发我的气好了。"

"怎么还说人发你的气。女人敢惹男子吗？……嘘，七妹子，你莫癫！"

后面的话声音提得极高，为的是应付对山一个女人的唱歌。对山七妹子，知道这一边山草棚下有阿姐与四狗在，就唱歌弄人。

四狗是不常常唱歌的，除非是这时人隔一重山——然而如今隔一层什么？他的手，那只拈吃过特意为他摘来的三月莓的手，已大胆无畏从她胁下伸过去，抓定一只奶了。

但仍然得唱，唱的是：

　　大姐走路笑笑底，一对奶子翘翘底，
　　心想用手摩一摩，心子只是跳跳底。

四狗的心跳，说大话而已。习惯事情不能心跳了，除非是把桐木叶子作她的褥，四狗的身作她的被，那时得使四狗只想学狗打滚。

对山的七妹，像看清四狗唱这歌情形下的一切，便大声的喊：

"四狗！四狗！你又撒野了，我要告！"

"七妹你再发疯你让我捶你！"

作妹的怕姐，经过一阵吓，便顾自规规矩矩扯蕨去了。这里的四狗不久两只手全没了空。

像捉鱼，这鱼是活的，却不挣，是四狗两手的感觉。

四狗不认字，所以当前一切却无诗意。然而听一切大小虫子的叫，听掠干了翅膀的蚱蜢各处飞，听树叶上的雨点向地下的跳跃，听在身边一个人的心跳，全是诗的。

"请你念一句诗给我听。"因为是她读过书，而且如今还能看小说，四狗就这样请。

明白她是读书人，也就容易明白先时同四狗说话的深意了。她从书上知道的事，全不是四狗从实际上所能了解的事。为是要枯了，女人只是一朵花。真要枯。知道枯比其他快，便应当更深的爱。然而四狗不是深深的爱吗？虽然深深的爱，总还有不够，这是认字的过错。四狗幸好不认字，不然这一对，当更不知道在这样天气下找应当找的乐了。

说是请念一句诗，她就想：

念深了又不能懂，浅了又赶不上山歌好，她只念："落花人独立，微雨燕双飞。"景不洽，但情绪是这样情绪。总还有比这个更好的诗，她不能一一去从心中搜了。

四狗说这诗好，——不是说诗好，他并不懂诗。是说念诗的人与此时情景好罢了。他说不出他的快乐，借诗泄气。

手是更其撒野了，从奶子滑下去，停到裤带边。

"这样天气是不准人放荡的天气，不知道么？"

四狗听到说天气，才像去注意天气一样，望望天。天是蓝分分，还有白的云，白的云若能说是羊，则这羊是在海中走的。四狗没见过海，但是那么大，那么深，那么一望无边，天也可以说是海了。

"我说天气太好了,又凉,又清,又……"

"你要成痨病才快活。"

"我成痨病时,你给我的要好多!"四狗意思是身体强,纵听过人说年青人不注意身体就会害痨病,然而痨病不是一时起的事。

"给你的,——给你的什么?呸!"

到底给什么,四狗也说不出口。于是被呸了也不争这一口气。说出来,难道算聪明么?

到后他想到另外一个事情,要她把舌子让他咬。顽皮的章法,是四狗以外的别一个也想不出,不是四狗她也不会照办。

"四狗你真坏,跟谁学到这个?"

四狗不答。仍然吮。那么馋嘴,那么粘糍,活像狗。

"四狗……你去好了。"

"我去,你一个人在这里呆着成?"

她却笑。望四狗。身子只是那么找不到安置处,想同四狗变成一个人。她去捏四狗在平时不能轻易尽人损害的一样东西,像生气的是附属于四狗的那个它。

她把眼闭了,还是说:"四狗你去了吧。"

四狗要走,可也得呆一会儿。

他看她着急。这是有经验的。他仍然不松不紧的在她面前缠,则结果她将承认四狗在她面前放肆是必要的一件事。四狗坏,至少在这件事上是坏的,然而这是有纵容四狗坏的人在,不应当由四狗一人负责。

"我让你摆布,四狗可是你让我……"

一切照办,四狗到后被问到究竟给了他多少,可胡涂得红脸了。

头上是蓝分分海样的天，压下来，然而有席棚挡驾，不怕被天压死。女人说，四狗你把我压死了吧。也像有这样存心，到后可同天一样，作被盖的东西总不是压得人死的。

四狗得了些什么？不能说明。他得了她所给他的快活，然而快活是用升可以量还是用秤可以称的东西呢？他又不知道了。她也得了些，她得的更不是通常四狗解释的快乐两字。四狗给她一些气力，一些强硬，一些温柔，她用这些东西把自己醉，醉到不知人事。

一个年青女人，得到男子的好处，不是言语或文字可以解说的，所以她不作声。仰天望，望得是四狗的大鼻子同一口白牙齿，然而这是放肆过后的事了。

"四狗，不许到井边吃。那个冷水！"

在草棚的她向下山的四狗遥喊时、四狗已走到竹子林中，被竹子拦了她的眼睛了。

天气还早，不是烧夜火时候。雨是不落了，她还是躺，也不去采蕨。